KB072575

게임 씹어먹는 헥스트라

게임 씹어먹는 엑스트라 1

월문선 퓨전 판타지 소설

초판 1쇄 찍은 날 § 2020년 7월 23일
초판 1쇄 펴낸 날 § 2020년 7월 30일

지은이 § 월문선
펴낸이 § 서경석

총괄팀장 § 노종아
편집책임 § 최이슬
디자인 § 공간42

펴낸곳 § 도서출판 청어람
등록번호 § 제387-1999-000006호
등록일자 § 1999. 5. 31
어람번호 § 제1-3070호

주소 § 경기도 부천시 부일로 483번길 40 서경B/D 3F (우) 14640
전화 § 032-656-4452 팩스 § 032-656-4453
http://www.chungeoram.com
E—mail § chungeorambook@daum.net

ISBN 979-11-04-92219-0 04810
ISBN 979-11-04-92218-3 (세트)

게임 씹어먹는 엑스트라

월문선 퓨전 판타지 소설

FUSION FANTASTIC STORY

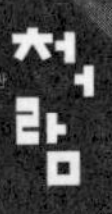

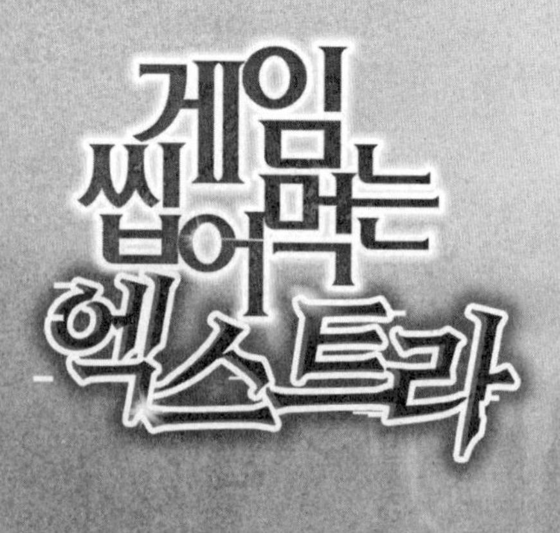
게임 씹어먹는 헥스트라

목차

Chapter 1

어스름한 햇빛이 창문에서 비쳐 들어오는 시각.

"와, 드디어 깼다!"

20대 후반으로 보이는 청년이 PC 모니터 앞에서 감개무량한 표정을 지었다.

세계적인 인기를 끌고 있는 전략 시뮬레이션 게임, '트리플 킹덤'. 조금 전까지 청년, 김진현이 하고 있던 게임이다.

트리플 킹덤은 삼국지를 모티브로 한 판타지 전략 시뮬레이션 게임으로, 영주가 되어 대륙 통일을 하는 게 목표다.

게임의 배경은 판타지 요소가 들어간 서양 봉건시대였다.

비록 멀티 플레이가 되지 않는 오프라인 게임이지만 굉장히 높은 자유도를 가지고 있다.

다양한 영주들을 자유롭게 선택해서 플레이할 수 있었으니까.

그 외에 게임 밸런스를 지키는 선에서 유저가 직접 신무장들을 만들어 등록시킬 수 있으며, 이는 아이템도 마찬가지였다.

그뿐만이 아니라 트리플 킹덤 유저들이 직접 제작한 모드(Mod)도 적용할 수 있었다.

그리고 지금까지 진현은 다양한 영주들을 선택해서 게임을 플레이해 왔으며, 방금 전 백 번째 천하 통일 엔딩을 봤다.

그것도 최하급 시골 영주 다리안으로.

“다리안으로 엔딩을 본 건 내가 최초일 것 같은데.”

변경의 시골 영주 다리안.

삼국지의 엄백호 같은 인물로, 문관이나 무관으로서의 능력은 평범 이하였고 영주로서의 능력도 밑바닥이었다.

그 때문에 수많은 영주 중에서 첫 시작이 가장 어려우며 게임 초반부터 개복치처럼 쉽게 죽어 나가는 인물이기도 했다.

그럼에도 진현은 다리안으로 천하 통일을 이루어 냈다.

“역시 게임은 어려워야 재밌는 법이지.”

어려운 난이도의 게임을 공략했을 때 느낄 수 있는 달성감과 성취감, 그리고 이어지는 달콤한 보상까지!

“세상이 게임 같았으면 얼마나 좋을까.”

진현은 현실에서 노력한 만큼 인정받거나 보상받지 못했다.

명문 대학에서 고학점을 유지하며 졸업했고, 토익 및 토플 점수도 고득점을 받았으며, 그것도 모자라 열 개가 넘는 자격증까지 따 냈다.

하고 싶은 거, 먹고 싶은 거 참아 가며 노력한 끝에 이룬 성취였다.

하지만 그러면 뭐 하는가?

취직하기가 하늘의 별 따기인 것을.

갑작스럽게 인맥과 혈연 같은 백으로 끼어든 낙하산들 때문에 목표로 했던 회사에서 어이없게 퇴짜를 맞기도 했다.

하지만 게임은 달랐다.

게임에서는 노력한 만큼 성취감을 느낄 수 있었고, 보상도 받을 수 있었다.

그렇지 않았다면 시골 영주 다리안으로 천하 통일이라는 패업을 이룰 수 없었을 테니까.

띠링.

"어?"

순간 진현은 의아한 표정을 지었다.

게임 엔딩 마지막 화면에서 갑자기 알람 소리가 울리더니 메시지가 떠올랐기 때문이다.

[안녕하세요? 김진현 플레이어님. 진현 님께서는 최초로 기본 영주 100명으로 트리플 킹덤 세계를 정복하셨습니다. 특히 다리안 군주로 세계를 정복하시다니, 정말 놀랐습니다. 그래서 저희들은 진현 님에게 기회를 드리기로 하였습니다.]

"뭐야, 이거?"

갑작스럽게 떠오른 게임 속 메시지. 발신자는 누군지 알 수 없었다.

그보다 섬뜩한 사실이 있었다.

'이거 분명 오프라인 게임일 텐데 어떻게 메시지가 오지? 그리고 내 이름은 또 어떻게?'

등줄기에 소름이 돋았다.

PC가 인터넷에 연결되어 있지만 기본적으로 트리플 킹덤은 오프라인 게임이다.

메시지 기능 자체가 없었다.

그리고 무엇보다 메시지 발신인은 진현의 이름을 알고 있었다.

있을 수 없는 일이었다.

게임은 직접 오프라인 매장에서 현금을 주고 샀으며, 게임 속에서 실명을 사용한 적이 한 번도 없었으니까.

그런데 어떻게 자신의 이름을 알고 있는 것일까?

[김진현 플레이어님, 새로운 세계를 경험해 보고 싶지 않습니까? 노력한 만큼 보상받고, 감동과 스릴이 넘치는 즐거운 세상! 새로운 트리플 킹덤의 세계로 당신을 초대하겠습니다. 초대에 응하시겠습니까? Yes Or Yes.]

"미친."

모니터에 떠오른 메시지를 본 진현은 헛웃음을 흘렸다.

선택지가 주어졌지만 무슨 답정너도 아니고 한 가지밖에 없었으니까.

진현은 의심스러운 눈초리로 메시지를 바라봤다.

수상한 점이 한두 가지가 아니었다.

오프라인 게임에서 실시간 메시지가 날아오질 않나, 더욱이 자신의 이름까지 알고 있었다.
그뿐만이 아니다.
'노력한 만큼 보상이라…….'
현실에서 진현이 바라 왔던 것.
그걸 미끼로 초대 메시지를 보냈다.
의심스러울 수밖에 없었다.
그때 새로운 메시지가 떠올랐다.

[초대에 응해 주신다면 무료로 대규모 신버전 DLC 파일을 업데이트해 드리겠습니다.]

"뭐? 신버전 DLC 파일이라고?"
진현은 솔깃한 표정으로 메시지를 바라봤다. DLC, 즉 다운로드 가능한 대규모 신버전 콘텐츠를 무료로 제공한다고 하는 게 아닌가?
진현은 트리플 킹덤 게임의 열렬한 팬이었다.
처음에는 단순히 머리를 식힐 요량으로 시작했다가 점점 더 게임에 빠져들었다.
한 판 한 판 하다 보니 어느덧 100판이나 플레이했으니까.
"신버전이라는데 이거 안 할 수도 없고."
이미 기존 버전은 전부 공략을 완료한 상황.
새로운 버전의 게임을 마다할 이유는 없었다.
오히려 어떤 콘텐츠가 추가되어 있을지 벌써부터 기대되었다.
"까짓것 지르지 뭐."

문제가 생겨 봐야 컴퓨터만 맛이 갈 뿐이다.

최악의 경우 해킹이나 바이러스에 걸리는 것 정도일 터.

그렇다면 하드를 포맷하면 될 문제였다.

안 그래도 PC 성능이 좋지 않아서 새로 한 대 뽑을까 고민하던 차였는데, 이번 기회에 새로 한 대 맞추는 것도 좋겠지.

그리고 자신에게 메시지를 보낸 인물이 누구인지 알 수 있을지도 몰랐다.

마음을 굳힌 진현은 마우스를 움직여 Yes를 클릭했다.

딸깍.

번쩍! 화아아아악!

순간 어마어마한 양의 하얀 빛이 PC 모니터에서 터져 나오며 그대로 진현을 삼켰다.

"……!"

하얗게 명멸하는 빛 속에서 진현의 의식은 멀어져 갔다.

그리고 정신을 잃기 전, 진현의 머릿속으로 마지막 메시지들이 각인되듯 새겨졌다.

[신버전 DLC 파일 업데이트를 확인! 현실 모드가 활성화됩니다.]

[당신은 모든 영주로 천하 통일이라는 놀라운 업적을 달성하셨습니다. 에픽 미션의 난이도가 불가능으로 설정됩니다. 불가능 난이도로 인해 여러 가지 제약이 발생할 수 있습니다.]

[업데이트된 DLC 파일에서 트리플 킹덤 PK3 버전이 적용됩니다.]

[시공의 전장에 오신 것을 환영합니다!]

*　　　*　　　*

"나이젤 대장님, 아침점호 시간입니다."

누군가 자신을 깨우는 목소리에 진현은 불현듯 눈을 떴다.

"큭!"

순간 걷잡을 수 없는 두통이 찾아옴과 동시에 속이 뒤집히는 느낌이 들었다.

아직 잠에서 덜 깬 상태에서 마치 술에 취한 것처럼 숙취가 올라온 것이다. 그 탓에 진현은 정신을 차릴 수가 없었다.

머리가 빙글빙글 돌고, 목이 타 들어가는 듯한 갈증까지 느껴졌다.

"무, 물……."

"여기 있습니다."

진현의 중얼거림에 누군가가 수통을 내밀었다.

진현은 수통 뚜껑을 열고 허겁지겁 물을 마셨다.

그 순간.

"푸!"

진현은 자신에게 수통을 건네준 자의 얼굴에 한바탕 물을 내뿜었다.

"아, 씨! 뭐야, 이거? 술이잖아!"

정정한다.

물이 아니라 술이었다.

술을 한차례 내뿜은 진현은 정신이 번쩍 들었다.

숙취와 잠에 취해 둔해져 있던 감각과 의식이 되살아났다.

'어?'

순간 진현은 깨달았다. 천막 안에서 20대 사내들이 안절부절못하는 표정으로 자신을 바라보고 있다는 사실을.

그들은 불안하게 떨리는 눈으로 자신을 바라보고 있었다.

그 때문에 미묘한 긴장감이 막사 내부를 감돌았다.

'뭐야? 여긴 어디야?'

진현은 놀란 표정으로 주변을 둘러봤다.

자신이 왜 이런 곳에 있는지, 자신을 바라보고 있는 사내들이 누구인지 알 수 없었다.

그렇게 대체 무슨 상황인지 미처 파악하기도 전…….

"죄, 죄송합니다!"

쾅!

진현의 앞에 있던 인물이 머리를 땅에 박고 손을 허리 뒤에 갖다 대며 엎드려뻗쳤다.

"으윽!"

또다시 머리 전체를 마구잡이로 헤집는 두통이 엄습해 왔다.

눈앞에 있는 인물이 소리를 지르는 바람에 골이 울린 것도 있지만 때마침 생소한 기억들이 떠올랐기 때문이다.

마치 주마등처럼 진현의 머릿속을 날카롭게 스쳐 지나가는 기억들.

[십인대 대장 나이젤의 기억과 동기화를 완료하였습니다!]

[김진현 플레이어님의 특전으로 S급 고유 능력 2개가 생성되었습니다.]

[고유 능력 포텐셜(S)의 효과로 십부장 나이젤의 잠재 능력치가 대폭 상승합니다!]

진현의 눈앞에 시스템 메시지가 떠올랐다. 이후 서서히 고통이 잦아들고 의식이 또렷해졌다.

그와 함께 동기화를 완료한 십인장 나이젤의 기억이 진현의 머릿속에 새겨졌다.

그 덕분에 진현은 지금 자신이 어디에 있는지, 어떤 상황에 처해 있는지 어느 정도 파악할 수 있었다.

'내가 십부장 나이젤이라고?'

진현은 눈살을 살짝 찌푸렸다.

놀랍게도 이곳은 트리플 킹덤 속 세상이었다.

마우스 클릭 한 번 잘못했다가 졸지에 게임 속 세계에서 눈을 뜬 것이다.

그것도 십부장 나이젤이라는 엑스트라 인물로.

"나이젤 대장님, 괜찮으십니까? 그러게 어제 술 좀 적당히 마시지 말입니다."

굳어 있는 사내들 중에서 훈훈한 인상의 청년이 넉살 좋게 말을 걸며 다가왔다.

딜런, 십인대 부대장.

진현은 동기화된 나이젤의 기억을 통해 그가 누구인지 알 수 있었다.

'일단 지금 상황부터 넘기자. 생각은 나중이다.'

눈을 뜨니 게임 속 엑스트라가 되었다는 사실에 혼란스러웠지만, 일단 지금 상황부터 넘겨야 될 것 같았다.

"괜찮아, 괜찮아. 그런데 이놈은 뭐냐?"

진현은 눈앞에서 엎드려뻗쳐 있는 인물을 내려다봤다.

"어제 새로 들어온 신병 아닙니까? 얘가 그래도 신병들 중에서는 나름 정예 신병입니다. 실수 한 번만 눈감아 주십시오."

"정예 신병이라고?"

물을 달랬더니 술을 가져온 놈이 정예 신병이라니!

"정예 신병은 무슨, 병신 예정이겠지."

신랄한 진현의 말에 신병, 트론은 억울한 듯 몸을 부들부들 떨었다.

'그러게 왜 술을 가져… 어?'

문득 어젯밤 나이젤의 기억이 떠올랐다.

아침에 일어나서 물을 달라고 하면 보급품으로 받은 술을 가져오라고 트론에게 명령을 내린 기억이 떠오른 것이다.

대체 얼마나 술을 좋아하면 숙취를 술로 해결하려 한 걸까.

속으로 한차례 혀를 찬 진현은 트론을 내려다보며 말했다.

"됐으니까 그만 일어나라."

그 말에 점호 준비 중이던 병사들이 놀란 표정을 지었다.

그들이 알고 있는 나이젤이라면 이렇게 조용히 넘어갈 리 없었으니까.

막사 안이 뒤집어져도 이상하지 않았다.

"뭘 봐, 이것들아. 점호 시간이라며? 빨리 준비 안 하냐? 이것들이 빠져 가지고."

"예, 알겠습니다!"

역시나 평소와 다름없는 나이젤의 서슬 퍼런 눈빛에 사내들은 화들짝 놀라며 분주하게 움직이기 시작했다.

현대에서 군대를 전역하고, 머릿속에 새겨진 나이젤의 기억 덕분에 평소 나이젤의 말과 행동이 자연스럽게 튀어나온 것이다.

"너도 가 봐."

"가, 감사합니다!"

"감사는 무슨."

진현은 귀찮은 파리 쫓듯 손을 휘휘 내저었다.

"아, 그리고."

진현은 막 발걸음을 옮기려는 트론을 멈춰 세웠다.

"물 좀 가져와라. 시원한 걸로."

아무래도 냉수 마시고 속 좀 차려야 할 것 같았다.

*　　　　*　　　　*

하루가 지났다.

진현은 모두가 잠들어 있는 나이젤 십인대 막사 안에서 홀로 생각에 잠겨 있었다. 처음 막사 안에서 깨어났을 때는 동기화된 나이젤의 기억 덕분에 무사히 상황을 넘겼다.

그 후 하루가 어떻게 지나갔는지 모를 정도로 멍하니 보냈다.

게임 속 엑스트라 인물이 되었다는 사실을 받아들이는 데 시간이 필요했기 때문이다.

그나마 이 세계에서 평생을 보낸 나이젤의 기억과 자신이 좋아하던 게임 속 세상이라는 사실 덕분에 어느 정도 현실을 받아들일 수 있었다.

'이렇게 된 거 뭐 어쩌겠어. 그냥 즐겨야지.'

이유야 어찌 되었든 지금 자신은 트리플 킹덤 속 인물이 되었다.

그렇다면 어떻게든 이 세계에서 살아 나갈 수밖에 없었다.

'지구로 돌아갈 방법이 아예 없는 건 아니지만…….'

진현은 에픽 미션 창을 눈앞에 띄웠다.

[에픽 미션]

천하를 통일하십시오.

난이도: 불가능(신화).

제한 시간: 없음.

보상: 지구 귀환 or 제국 황제.

'하, 깔끔하네.'

자신을 게임 속 세계로 보낸 정체불명의 존재들.

그들이 누구인지는 알 수 없었지만 심플하기 짝이 없는 에픽 미션과 트리플 킹덤의 게임 시스템을 남겼다.

현실에서 플레이했던 트리플 킹덤의 기본 게임 시스템을 홀로그램처럼 띄워서 사용할 수 있었던 것이다.

그뿐만이 아니다.

지금은 제국력 184년 4월.

트리플 킹덤의 첫 번째 에피소드가 시작되기 전이었다.

앞으로 일어날 굵직한 사건들과 도움이 되는 인재들을 진현은 모두 알고 있었다. 그 정보들과 게임 시스템을 이용한다면 어떻게든 해 볼 만했다.

또한, 보상도 무시할 수 없었다.

천하 통일을 이루고 지구로 돌아갈 것인지, 아니면 그대로 황제가 되어 이 세계를 다스릴 건지.

어느 쪽이든 좋은 보상이었다.

그렇다면.

'굳이 하라는 대로 할 필요가 있나?'

에픽 미션은 어디까지나 진현이 선택할 수 있는 문제였다.

강제성은 없었다.

그렇기에 에픽 미션을 수행하지 않을 생각이었다.

'애초에 난이도가 높은 것도 문제지.'

트리플 킹덤은 다양한 콘텐츠와 자유도가 높은 시나리오 덕분에 인기가 많았다.

하지만 기본 난이도가 어려워 플레이어들의 원성을 샀다.

그런데 신화급 불가능 난이도라니?

거기다 기본적으로 영주가 되어 게임을 시작하지만, 지금 진현은 일반 무장도 아닌 일개 십부장급 병사였다.

대체 얼마나 어려울지 짐작조차 되지 않았다.

어디 그뿐인가?

진현에게 있어 트리플 킹덤은 더 이상 게임이 아닌 현실이 되었다.

즉, 게임과 다르게 에픽 미션을 공략하려면 목숨을 걸어야 한다는 소리였다.

'그렇게까지 해서 현대로 돌아가고 싶지도 않고.'

어차피 이전 세상에 대한 미련은 없었다. 부모님은 이미 어렸을 때부터 사고로 돌아가시고 없었으니까.

그 때문에 진현은 할머니 손에서 자랐다. 할아버지는 이미 오래전에 돌아가셨고, 어린 시절 진현의 뒷바라지를 해 준 할머니마저도 고등학생 때 돌아가셨다.

그럼에도 진현은 열심히 노력하며 살았다.

할머니께서 뒷바라지를 해 주신 덕분에 나름대로 명문대에 들어갔다.

그 후에도 하고 싶은 거, 먹고 싶은 거 참아 가며 공부를 했다.

이렇게 노력하다 보면 언젠가 보답받을 거라 생각하면서.

하지만 현실은 냉혹했다.

아무런 인맥도, 빽도 없는 탓에 좋은 자리는 다른 동기들이 다 채어 갔다.

자신보다 스펙도 낮으면서 부모님의 힘으로 자신이 가고 싶은 기업에 꽂혀 들어가는 동기들을 바라보며 박탈감을 느꼈다.

그 때문에 진현은 한 며칠 정도 머리를 식히며 쉬기로 했다.

그동안 하고 싶었지만 하지 않았던 것들을 해 보기로 한 것이다.

가장 먼저 손에 잡은 건 게임이었다.

당시 세계적으로 인기를 끌고 있던 게임들 중 트리플 킹덤을 선택했다.

그리고 신세계를 만났다.

게임은 현실과 다르게 노력한 만큼 달콤한 보상을 주었으니까.

트리플 킹덤은 진현에게 삶의 활력소가 되었다.

덕분에 우울했던 기분을 날릴 수 있었고, 다시 취업 준비를 할 기운이 생겼다.

트리플 킹덤 덕분에 울고, 웃으며 보내던 나날들.

그렇게 백 번째 천하 통일 엔딩을 본 날, 진현은 트리플 킹덤 속 세상에서 눈을 떴다.

이 세상에서 살아가지 않으면 안 되는 상황에 처한 것이다.

그렇다면 마음대로 자유롭게 살아도 되지 않을까?

'제국 황제는 끌리긴 하네.'

트리플 킹덤 세상에서 황제가 되어 세계를 지배하는 것도 나쁘지 않았다.

하지만 그러기 위해선 수많은 희생을 치러야 한다.

황제란 그런 자리이니까.

'그냥 마음 편하게 사는 게 좋지.'

현대에 있을 때, 진현이 죽어라 노력한 이유는 단순했다.

좋은 기업에 들어가서 아무런 부족함 없이 여유롭고 편안한 삶을 살기 위함이었다.

그건 이 세상에서도 마찬가지였다.

하지만 큰 문제가 있었다.

'트리플 킹덤은 평화로운 게임이 아니야.'

기본적으로 트리플 킹덤은 전쟁 게임이었다. 앞으로 대전란이 일어나고 대륙 각지에서 군웅들이 할거하는 난세가 시작된다.

그 속에서 살아남아야 하는 것이다.

'아, 진짜 머리 아프네.'

앞으로 일어날 일들을 생각하자 진현은 눈앞이 캄캄해져 왔다.

자유롭고 평화로운 삶을 살고 싶은데 전쟁이라니!

멀리서 보면 희극이지만 가까이서 보면 비극이라는 말이 실감되는 순간이었다.

모니터 밖에 있을 때는 그저 재미있는 전쟁 게임이었지만, 지금은 목숨이 걸려 있었으니까.

'그리고 왜 하필 다리안 영주 밑이야?'

트리플 킹덤 게임에서 가장 약한 세력이며 무능하다는 소리를 듣는 인물.

삼국지로 치면 동오의 덕왕, 엄백호였으며, 삼국지의 군주 중에서 능력치가 낮아 이리 치이고 저리 치이는 안습한 인물이었다.

그 때문에 다리안은 영지 주변의 다른 영주들에게 호시탐탐 노려지고 있었다.

'거기다 지금 내가 나이젤 십부장이란 말이지?'

진현은 자신의 상태 창을 확인했다.

[상태 창]

이름: 나이젤.

종족: 인간.

나이: 25세.

타입: 무관.

직위: 십부장.

클래스: 블레이더.

고유 칭호: 이세계 플레이어.

고유 능력: 임팩트(S), 포텐셜(S).

능력치:

무력(51/60), 통솔(42/70).

지력(26/90), 마력(45/85).

정치(23/90), 매력(29/99).

[열전]

노팅힐 영지군 소속, 망나니 십부장.

13세 때 살던 마을이 몬스터의 침공으로 멸망하고 부모님도 돌아가셨다.

그 후 여러 마을을 전전하다 오십부장 해리의 권유로 노팅힐 영지군에 들어왔다.

오십부장 해리의 직속 수하.

술과 싸움을 좋아한다.

'하.'

나이젤의 상태 창을 확인한 진현은 한숨이 나왔다.

나이젤의 능력치는 좋지 않았다.

그나마 무력, 마력, 통솔이 쓸 만했지만, 나머지 능력치들은 일반인들의 평균 수치인 30보다도 낮았다.

그리고 마력은 마나통 같은 개념이라고 생각하면 된다.

마력이 높을수록 사용할 수 있는 마나양이 늘어나니까.

'그래도 잠재 능력이 높아져서 다행인가?'

잠재 능력은 일종의 성장 한계치이며, 인간이 가진 최대 한계 능력은 99까지였다. 그 이상 성장시키려면 인간을 초월해야 한다.

비록 지금 나이젤의 현재 능력치는 낮은 편이었지만, 잠재력만 놓고 본다면 최상위권에 속했다.

'그런데 하필 또 매력이 99네?'

매력만 놓고 보면 대군주들 중에서도 톱 수준.

그 때문에 아쉬웠다.

매력은 영주에게나 필요한 능력치였으니까. 일개 십인 대장에겐 필요 없는 능력이었다.

물론 지금과 같은 상황에서 후반을 생각한다면 굉장히 좋은 능력치였지만, 지금 당장 도움이 되는 건 아니었다.

일단 살고 봐야 하니까.

'무력과 통솔은 딱 십부장급 정도 되고.'

영주는커녕 무장도 아니고, 영웅호걸도 아닌 일반 병사임을 감안하면 나쁘지 않았다.

그 외 다른 능력치들이 낮아서 문제였지만.

하지만 그것도 시간 문제였다.

다른 능력들은 둘째 치더라도, 지력과 정치는 빠르게 성장할 것이다.

나이젤의 몸속에 들어 있는 인물은 현대인인 진현이었으니까.

나이젤의 기억과 동기화를 완료했을 뿐이지, 아직 진현의 정신이 나이젤의 몸에 완벽하게 안착되지 않은 상태였다.

그 때문에 조금 더 시간이 흐르면 진현이 가진 능력이 상태창에 반영될 터였다.

[지력이 1 올랐습니다.]

이런 식으로 말이다.

'과연.'

눈앞에 떠오른 메시지를 본 진현은 실소했다. 하루 동안 현재 상황을 받아들이고, 앞으로 어떻게 할지 머리를 굴리자 지력이 상승했다는 메시지가 떠오른 것이다.

그와 동시에 멍하게 느껴졌던 머릿속이 조금 맑아진 느낌이 들었다.

'지력은 시간이 지나면 지금보다 더 오르겠군.'

능력치를 확인한 진현은 고유 능력을 바라봤다.

'다른 건 몰라도 고유 능력만큼은 진짜 대박이네.'

진현은 만족스러운 미소를 지었다.

고유 능력, 임팩트(Impact)와 포텐셜(Potential).

임팩트는 트리플 킹덤 내에서 상위권에 들어가는 S급 전투 스킬로, 모든 공격에 강력한 충격파를 발생시킬 수 있었다.

그리고 진현과 동기화하기 전 나이젤의 잠재 능력 한계치는 현재 능력과 별반 차이가 없었다.

하지만 S급 고유 능력 포텐셜의 효과로 잠재 능력 한계치가 대폭 상승했다.

고유 능력은 일종의 재능으로, 그 종류가 굉장히 다양하며 대부분의 인간은 한 개에서 두 개 정도를 가진다.

또한, 같은 고유 능력을 가지더라도 등급은 다를 수 있었다.

마치 재능의 차이가 있는 것처럼 말이다.

'그리고 이세계 플레이어라…….'

고유 칭호, 이세계 플레이어.

이 세상에서 유일하게 진현만이 트리플 킹덤 게임 시스템을 사용할 수 있었다.

이 시스템 능력과 트리플 킹덤의 게임 속 정보를 활용한다면 어떻게든 이 세상에서 살아남을 수 있을 터.

'하지만 역시 문제는 다리안 영주 밑이라는 사실이지. 차라리 헬무트, 라이오넬, 알타이르 밑의 십부장이었으면 좋았을 텐데…….'

삼국지로 치면 조조, 유비, 손견에 해당되는 대군주들.

그들 밑이었다면 앞으로 시작될 난세에서 살아남을 확률이 비교적 높았다.

'이제 어쩐다?'

진현은 차근차근 다리안 영주로 플레이했을 때의 기억을 떠올렸다.

"…젠장."

순간 진현의 눈살이 찌푸려졌다.

첫 번째 에피소드의 시작인 고블린 토벌전에서 나이젤이 죽는다는 사실이 기억났으니까.

* * *

다음 날.

진현, 아니, 나이젤은 노팅힐 영지군의 오십부장인 해리를 찾았다.

"뭐? 영지군을 나가고 싶다고? 미쳤냐?"

나이젤의 직속상관인 해리는 어처구니없는 표정으로 자기도 모르게 욕부터 박았다.

그만큼 나이젤의 말에 기가 막혔기 때문이다.

"뭐, 문제라도 있습니까?"

"문제? 당연히 있지. 군대가 너희 집 안방이야? 누구 마음대로 왔다 갔다야? 들어올 때는 마음대로지만 나갈 때는 아니란 거 몰라?"

"징병제도 아닌데 나가고 싶으면 나가도 되는 거 아닙니까?"

노팅힐 영지의 문제점 중 하나. 트리플 킹덤에서 다리안 영주는 머리 아프게도 모병제를 하고 있었다.

들어올 사람은 들어오고, 나갈 놈은 나가라는 소리다.

대체 왜 다리안 영주가 모병제를 하는지는 아무도 모른다.

그냥 시키니까 할 뿐.

트리플 킹덤은 중세 봉건제 사회였으니까.

'하지만 실상은 다르지.'

오십인장 해리를 비롯한 군 간부들이 병사들을 쉽게 내보내주지 않았다.

덕분에 다른 소규모 영지들과 비슷한 100명 체제를 얼추 유지할 수 있었다.

"나이젤 십부장, 우리 사정 뻔히 알잖아? 그런데 이렇게 나오기야?"

"해리 오십부장님, 제가 그래도 3년은 복무했지 않습니까? 전 있을 만큼 있었다고 생각합니다. 이제 그만 보내 주십시오."

노팅힐 영지군에서 나이젤은 약 3년간 복무했다.

그 정도면 있을 만큼 있었다.

또한, 나이젤은 고아였으며 노팅힐 영지 출신도 아니었기에 딱히 미련도 없었다.

그래서 어제 하루 동안 고민한 결과 영지를 떠나기로 결심한 것이다.

"하, 겨우 3년 갖고 되겠냐? 난 올해로 10년짼데?"

"……."

순간 나이젤은 숙연해졌다.

노팅힐 영지군에서 무려 10년이나 있었다니!

왠지 30대 중반인 해리가 폭삭 늙어 보였다.

하지만 그건 그거고 이건 이거다.

'일단 살고 봐야 하니까.'

나이젤의 우선 목표는 생존이었다.

그리고 최종 목표는 어디 한적한 장소에서 유유자적하게 판타지 라이프를 즐기는 것이다.

하지만 문제는 역시 전쟁이었다.

앞으로 시작될 난세는 대륙 전체를 집어삼킨다.

각지에서 일어난 지방 귀족들이 끊임없이 세력 다툼을 벌이기 때문에 숨어 지낼 만한 장소가 없었다.

그렇다면 차라리 전란에서 자신을 지킬 수 있는 세력을 만들거나, 아니면 최소 다리안 영주보다 능력 있는 군주 밑에서 난세를 준비하는 편이 나았다.

목숨이 걸린 문제였으니까.

"아무튼 그만 전역시켜 주십시오."

"아, 안 돼. 못 나가."

나이젤의 말에 해리는 손사래를 치며 안 된다고 강하게 못을 박았다.

노팅힐 영지군에서 나이젤의 실력은 열 손가락 안에 들었다.

만약 나이젤이 나가게 된다면 병사들의 사기가 떨어질 수 있었다.

해리로서는 어떻게든 나이젤을 붙잡아 두어야 했다.

"얼마 전 우드빌 영지에서 와인이 들어왔다. 보급품으로 내주도록 하지."

해리는 나이젤을 바라보며 은근한 목소리로 말했다.

조금 전 화를 낼 때와는 사뭇 다른 모습.

사실 다리안 영지군에서 해리는 수완이 좋은 인물이었다.

채찍과 당근을 적절히 섞어서 영지군 병사들을 관리하고 있었으니까.

'역시 안 되나?'

다리안 영주가 모병제를 지향한다는 사실을 파고들어 봤지만 역시나 호락호락하지 않았다.

하긴, 해리는 진현이 다리안 영주로 플레이했을 때 후반까지 함께한 인물이었다.

그에게는 쓸 만한 재능이 하나 있었기 때문이다.

[상태 창]

이름: 해리.

종족: 인간.

나이: 35세.

타입: 문관.

직위: 오십부장.

클래스: 매지션.

고유 능력: 행정(B).

법력(48/53), 통솔(57/62).

지력(62/71), 마력(41/45).

정치(67/76), 매력(35/42).

나이젤은 간략화한 해리의 정보 창을 바라봤다.

해리가 가진 재능은 다름 아닌 행정 특화 내정 능력이었다.

무장들 중에서는 유일한 문관이며, 클래스가 매지션이었기에 무력이 아닌 법력을 사용했다.

또한, 등급도 B급이고 지력과 정치력의 잠재력도 70이 넘었다.

특히 능력치 70부터는 베테랑 전문가 수준으로 후반까지 쓸 만한 수치였다.

다만 현재 능력치가 낮아서 문제였지만.

"알겠습니다."

나이젤은 일단 한발 물러났다.

'아직 시간은 있어.'

급하게 서두를 필요는 없었다.

군웅할거가 시작되기 전까지는 아직 많은 시간이 남아 있었으니까.

벌컥!

그때 오십부장 해리의 집무실 문이 활짝 열렸다.

"아니, 어떤 새끼가 노크도 없이……."

해리는 인상을 찌푸리며 집무실 문을 노려봤다.

누군가가 한마디 말도 없이 다짜고짜 문을 열고 들어왔기 때문이다.

"헉!"

하지만 짜증도 잠시.

해리는 놀란 표정으로 집무실 입구를 바라봤다. 그곳에는 화려하지는 않지만 고급스러워 보이는 옷을 입고 있는 40대 중반의 사내가 있었다.

"다, 다리안 영주님?"

예고도 없이 불쑥 오십부장 해리의 집무실 문을 열고 들어온 인물은 다름 아닌 노팅힐 영지의 영주, 다리안이었다.

'아니, 다리안 영주가 여기는 왜?'

나이젤은 살짝 놀란 표정을 지었다.

설마 오십부장 집무실에서 다리안 영주와 만나게 될 줄이야.

"다리안 영주님, 이런 곳까지 무슨 일로 오셨습니까?"

빠르게 표정을 수습한 해리는 다리안 영주에게 말을 건넸다.

"심심해서 와 봤네. 요즘 자네 얼굴 못 본 지 꽤 되지 않았나?"

사실 오십부장 해리와 다리안 영주는 평소에도 자주 보는 사이였다.

해리는 노팅힐 영지의 핵심 간부들 중 하나였으니까.
"그럼 적어도 호위는 데리고 다녀 주십시오."
"내 성에서 내 마음대로 다니는데 호위는 무슨. 어차피 성안의 영지병들이 다 내 호위 아닌가?"
"그건 그렇지요."
해리는 고개를 끄덕이며 인정했다. 노팅힐 영지 성에는 항상 병사 100명 이상이 상주하고 있으며, 그들은 다리안 영주와 영지를 보호하기 위해 존재한다.
또한, 오십부장급 이상 집무실은 성안에 마련되어 있기에 다리안 영주가 종종 찾아왔다.
이유는 심심해서.
여러모로 골치 아픈 인물이 아닐 수 없었다.
"그보다 말이야."
다리안 영주는 고개를 돌려 나이젤을 바라봤다. 다리안 영주의 첫인상은 인자한 옆집 아저씨 같았다.
사실 다리안은 영주로서 능력이 부족할 뿐이지, 인성은 좋았다. 너무 착해 빠져서 무능하다는 소리를 듣는 인물이었으니까.
"영지군에서 나가고 싶다고?"
다리안 영주는 궁금한 표정으로 나이젤을 바라봤다.
아무래도 나이젤과 해리가 나눈 이야기를 밖에서 들은 모양.
그렇다면 이야기는 빠르다.
나이젤은 재빨리 한쪽 무릎을 꿇으며 대답했다.
"예. 나가고 싶습니다."
그러자 뒤통수가 콕콕 쑤셔 왔다.

해리가 무서운 눈으로 노려보고 있었기 때문이다.
"허허. 대체 왜 나가고 싶어 하는 건지 모르겠군. 자네 같은 인재가 계속 남아 있으면 좋겠는데 말이야."
"아닙니다. 오히려 동료들과 해리 오십부장님에게 민폐만 끼쳤습니다. 이제 그만 전역하고 싶습니다."
나이젤은 단호한 표정으로 다리안 영주에게 약을 쳤다.
민폐는 그냥 핑계일 뿐이고, 일단 노팅힐 영지에서 나가는 게 목적이었으니까.

[노팅힐 영주 다리안의 호감도가 1 올랐습니다.]

'응?'
갑자기 떠오른 메시지에 나이젤은 멍한 표정을 지었다.
트리플 킹덤에 호감도 시스템은 존재하지 않는다.
그런데 호감도가 올랐다니?
'설마?'
순간 나이젤의 머릿속에 한 가지 생각이 스쳐 지나갔다.
신버전 대규모 DLC 파일.
진현이 트리플 킹덤 속 세상으로 들어오기 전 업데이트된 파일이다.
나이젤은 일단 상태 창을 눈앞에 띄워 시스템 버전부터 확인했다.

[파워 업 키트 버전3.]

'역시.'

예상대로 게임 버전이 업데이트되어 있었다. 마지막으로 플레이했던 트리플 킹덤은 PK2 버전이었지만, 지금은 PK3 버전이었으니까.

아무래도 호감도 시스템은 버전이 업데이트되면서 새롭게 추가된 모양.

"정말 우리 군에서 나가고 싶나?"

"네."

또다시 물어보는 다리안 영주의 말에 나이젤은 즉답했다.

[영주 다리안의 호감도가 1 올랐습니다.]

'뭐지, 이건?'

나이젤은 살짝 긴장된 눈으로 다리안 영주를 바라봤다.

남자끼리 호감도 수치가 있다는 사실이 신경 쓰여 죽을 판에 영지군을 나가고 싶다는 말에 호감도가 오르다니?

"흠흠. 역시 자네는 소문과 다르게 배려심이 있군. 동료들에게 폐가 되기 싫어 나가겠다니."

"예?"

다리안 영주의 말에 해리는 넋이 나간 해괴한 표정을 지었다.

이건 또 무슨 개소리란 말인가?

망나니 십부장이라고 불리는 나이젤이 배려심이라니!

하지만 나이젤은 다리안 영주의 말에 냉큼 편승하며 약을 살

살 뿌리기 시작했다.

"역시 영주님께서는 제 마음을 알고 계셨군요. 이제 동료들에게 폐를 끼치고 싶지 않습니다. 영지군을 전역하는 걸 허가해 주십시오."

"자네처럼 동료를 생각해 주는 인재가 우리 영지에 있어 주면 정말 든든할 것 같은데……."

"제가 영지군에 있다가 다리안 영주님께 누를 끼칠까 염려스럽습니다."

나이젤은 정말 걱정된다는 표정으로 말했다.

하지만 내심은 달랐다.

'일단 노팅힐 영지군부터 나가고 봐야지.'

그래야 다른 영지군에 들어가든 말든 할 게 아닌가?

앞으로 시작될 군웅들의 틈바구니 속에서 살아남아 편안한 삶을 누리기 위해서는 노팅힐 영지군에서 나가야 했다.

"허허. 그런 거라면 걱정하지 말게. 그 정도쯤은 내가 감수할 수 있네. 그런데도 정말 우리 영지군에서 나갈 겐가?"

하지만 다리안 영주는 영지군을 나가려는 나이젤이 못내 아쉬운지 진지한 얼굴로 말했다.

이제 여기서 '예!'라고 대답하면 영지를 나갈 수 있을 터.

그렇게 생각한 나이젤이 입을 열려는 그 순간.

[경고! 당신은 현재 에픽 미션 불가능 난이도(신화)를 플레이 중입니다.]

[불가능 난이도에 따른 제약으로 한번 정해진 소속에서 벗어날 수

없습니다. 당신의 현재 소속은 노팅힐 영지군입니다.]

'뭐?'

아니, 이건 또 무슨 개소리야?

불가능 난이도에 따른 제약으로 소속을 변경할 수 없다니?

나이젤은 어처구니가 없었다.

두근!

'헉!'

순간 나이젤은 심장이 옥죄여 오는 느낌을 받았다.

갑자기 숨이 턱 막혀 오고 시야가 어두워졌다.

그 순간 볼 수 있었다, 어둠 속에서 윤곽만 희미하게 빛나는 문자를.

[Game Over.]

그리고 직감했다, 이대로라면 죽는다는 사실을.

팟!

순간 다시 시야가 밝아졌다.

심장을 옥죄며 다가오던 죽음의 기운도 사라졌다.

"허억, 허억."

나이젤은 가쁜 숨을 몰아쉬었다.

'젠장.'

방금 전 있었던 일은 대체 무엇일까?

아니, 나이젤은 본능적으로 알 수 있었다.

경고였다.

다른 영지로 소속을 옮기려 하면 게임 오버가 되어 죽게 될 거라는 경고.

"나이젤 십부장, 자네 괜찮나?"

갑자기 나이젤이 몸을 비틀거리며 가쁜 숨을 내쉬자 다리안 영주가 걱정스러운 얼굴로 물어왔다.

"아, 아무것도 아닙니다."

나이젤은 괜찮다는 얼굴로 웃어 보였다.

하지만 눈앞이 캄캄했다.

불가능 난이도 때문에 노팅힐 영지군에서 벗어날 수 없게 되었으니까.

노팅힐 영지군에서 나갈 수 없는 몸이 되어 버린 것이다.

'어떡하지?'

그야말로 절망적인 상황.

불안감에 심장이 두근거리고 현기증이 났다

하지만 부정해 봤자 현실은 변하지 않는다.

문득 할머니께서 마지막으로 하셨던 말씀이 떠올랐다.

"진현아, 너는 오래오래 행복하게 살거라. 네 엄마, 아빠처럼 일찍 가지 말고. 알았지?"

어려운 일이 있더라도 항상 긍정적으로 생각하고, 가능하면 주변 사람들을 도와주라고 할머니는 말씀하셨다.

다른 사람들을 도와주면 다 복으로 돌아올 거라고.

그리고 오래오래 행복하게 살라는 유언을 남기고 떠나셨다.
하지만 이대로 가만히 있으면 죽기밖에 더하겠는가?
'이대로 가만히 앉아 죽을 순 없어.'
나이젤은 마음을 빠르게 다잡았다.
아직 죽기에는 인생을 즐기며 살아 보지도 못했고, 할머니의 유언을 지키기 위해서라도 살아남아야 했으니까.
그리고 현재 자신은 노팅힐 영지에서 벗어날 수 없는 상황.
'어쩔 수 없지.'
이렇게 된 이상 노팅힐 영지에서 살아남을 방법을 모색하는 수밖에 없다.
그렇다면 이곳에서 무엇을 해야 좋을까?
'영지를 강화시키는 수밖에.'
부국강병(富國强兵)!
노팅힐 영지를 강화시켜야 앞으로 시작될 난세에서 살아남을 확률이 커질 것이다.
또한, 한번 그렇게 하기로 마음먹은 이상 적당히 할 생각은 없었다.
다른 영지들이 감히 범접하지 못할 정도로 성장시킬 생각이었다.
그래야 군웅들의 틈바구니 속에서 살아남고, 최종적으로 오래오래 편안한 삶을 살 수 있을 테니까.
"우리가 너무 부담을 준 모양이군. 난 그저 자네가 우리 영지에 있어 주었으면 했을 뿐인데."
그때 다리안 영주가 시무룩한 표정을 지으며 말했다.

그런 다리안 영주의 말에 나이젤은 재빨리 입을 열었다.

"아닙니다. 괜찮습니다. 걱정해 주셔서 감사합니다."

"정말 괜찮은가?"

"네. 걱정하지 마십시오. 그런데 다리안 영주님, 정말 제가 영지에 남기를 원하십니까?"

나이젤은 한 번 더 물어봤다.

"그래 주면 나야 고맙지. 자네처럼 결단력 있는 인물이 영지에 있어 준다면 마음이 든든하니까."

다리안 영주는 한결같이 나이젤에게 러브 콜을 보냈다.

나이젤은 다리안 영주의 의중을 살짝 떠봤다.

"영주님께 폐를 끼쳐도 말입니까?"

"허허. 그깟 폐가 무슨 문제인가. 완벽한 사람은 없는 법이고 누구나 실수를 하는 법이지. 내가 비록 인망은 없지만 속까지 좁은 사람은 아니라네."

다리안 영주는 소탈하게 웃으며 말했다. 역시 다리안 영주는 게임에서처럼 사람이 좋았다.

그렇기에 나이젤은 알 수 있었다.

'적어도 내가 하는 일에 방해되진 않겠군.'

아니, 오히려 적극 찬성하고 도움을 줄 테지.

앞으로 나이젤이 하려고 하는 일은 다리안 영주가 쌍수를 들고 환영할 일이었으니까.

"알겠습니다. 그렇게까지 말씀해 주시니 저도 어쩔 수가 없네요. 영지에 남아드리겠습니다."

"정말인가?"

나이젤의 말에 다리안 영주는 반색했다. 눈빛이 초롱초롱해지고 얼굴에 화색이 돌았다.

"네. 저를 그렇게 원하시니 영주님의 뜻을 따라야 하지 않겠습니까?"

"오오, 정말 잘 생각했네. 나는 자네가 영지를 위해 남아줄 줄 알았어!"

아닌데.

영지군을 나갈 수 없는 몸이 되어서 남는 건데.

하지만 나이젤의 속사정을 알지 못하는 다리안 영주는 그저 기뻐할 뿐이었다.

[다리안 영주의 호감도가 10 올랐습니다!]

[호감도가 80이 되었습니다. 다리안 영주가 당신을 친밀하게 생각합니다.]

'뭐? 호감도가 80?'

순간 나이젤은 식은땀을 흘렸다.

생각보다 호감도가 높았기 때문이다. 나이젤은 사람 좋은 미소를 짓고 있는 다리안 영주를 바라봤다.

호감도 때문에 살짝 불안한 감이 없잖아 있지만, 솔직히 나쁘지 않은 기분이었다.

영지에 남아 준다는 말에 기뻐해 주고, 자신에게 호의적으로 대하며 끝까지 붙잡아 주었으니까.

"그럼 영지군을 나간다는 이야기는 없던 일로 하겠네."

"예."
나이젤과 다리안 영주는 서로 마주 보며 웃음을 주고받았다.
오십부장 해리만이 둘의 대화를 따라가지 못해 멍한 표정을 짓고 있을 뿐.
댕댕댕댕댕!
그때 영주성에서 종소리가 시끄럽게 울리기 시작했다.
일정한 간격으로 쉬지 않고 계속해서 울리는 종소리.
나이젤은 흠칫 놀란 표정으로 해리를 바라봤다. 해리는 침통한 목소리로 입을 열었다.
"몬스터가 나타났다."
그와 함께 나이젤의 눈앞에도 시스템 메시지가 떠올랐다.

[첫 번째 에피소드가 시작되었습니다.]

*　　　　*　　　　*

영지 노팅힐.
슈테른 제국의 변경에 위치한 작은 영지이다.
그리고 영주성에서 그리 멀리 떨어지지 않은 동쪽에 기간테스 산맥이 존재한다.
그런데 기간테스 산맥에서 노팅힐 영지를 향해 진군 중인 고블린 무리들이 발견되었다는 소식이 전해진 것이다.

그 날 오후.

성안 연병장에 마련된 단상 위에서 완전 무장한 다리안 영주가 검을 치켜들며 소리쳤다.

"기간테스 산맥에서 고블린들이 내려왔다고 한다. 고블린 따위가 우리 영지를 더럽히게 두지 않겠다. 출진이다!"

와아아아아!

약 80명에 가까운 병사들이 함성을 내지르며 영주성에서 출병했다.

그중에는 나이젤도 있었다.

나이젤은 영지군들을 둘러봤다.

노팅힐 영지에 남게 된 이상 어떻게든 난세에서 살아남을 방법을 모색해야 했다.

유능한 인재들을 영입하고, 영지를 강화시켜야 할 터.

하지만 대륙에는 다양한 위험들이 도사린다.

당장 노팅힐 영지를 노리는 주변 영주들뿐만이 아니라, 세계를 암약하는 비밀단체들이나 일인 군단에 가까운 힘을 가진 존재들도 있었다.

또한, 대륙을 위협하는 몬스터들까지.

그 모든 것들로부터 안전해지려면 영지 강화는 필수였다.

'하지만 내가 드러나서는 안 돼.'

영지 강화는 필요한 일이나, 그렇다고 대륙에서 위험한 존재들의 눈에 띄고 싶은 생각은 없었다.

앞으로가 고달파지니까.

다른 영지의 군주들이 위험인물로 여길 수도 있고, 세계를 암약하는 비밀단체들과 강력한 힘을 가진 존재들의 이목을 끌 수도 있었다.

그런 상황은 사양하고 싶었다.

그 때문에 어느 정도 자신이 힘을 갖추거나, 혹은 영지가 커지기 전까지는 다리안 영주를 앞으로 내세울 생각이었다. 그 누구도 무능한 다리안 영주 밑에 유능한 인물이 있을 거라고 생각하지 않을 테니까.

'우선 고블린 놈들부터 해결해야지.'

고블린 토벌전.

다리안 영주로 플레이했을 때 시작되는 첫 번째 이벤트다.

게임으로 치면 간단한 튜토리얼로, 기간테스 산맥에서 내려오는 고블린들을 영지군으로 때려잡으면 된다.

다만 문제는 게임에서 노팅힐 영지군은 고블린 무리들에게 절반이 전멸하고, 그중에는 나이젤이 이끄는 십인대도 포함되어 있다는 사실이었다.

고작 튜토리얼 난이도에서도 영지군 절반이 날아갈 정도라니.

시작부터 앞날이 캄캄했다.

'원래 시기보다 빠른 것 같은데. 불가능 난이도 때문인가?'

고블린 토벌 시기가 게임보다 조금 더 빨랐다.

아무래도 에픽 미션 불가능 난이도와 무언가 연관이 있는 모양.

그것밖에 달리 이유가 없었으니까.

'하지만 고블린들이 상대라면 해 볼 만하지.'

고블린은 트리플 킹덤에서 최약체 몬스터다. 무리를 지어 이동하기 때문에 방심할 수는 없지만, 개개인의 전투력은 노팅힐 영지의 병사들보다 약했다.

병사 한 명이 고블린 두 마리 정도는 거뜬히 상대할 수 있으니까.

애초에 게임에서 영지군 절반이 전멸한 이유도, 현장 지휘관인 또 다른 오십부장 제임스의 무모한 작전 때문이었다.

제임스의 삽질을 막고 침착하게 대응한다면 충분히 승산이 있을 터.

"전군 정지!"

하얀 말을 타고 영지군 선두에 서서 진군하던 백부장 가리안이 손을 들며 소리쳤다.

기간테스 산맥과 영주 성 중간에 있는 작은 숲에 도착한 것이다.

숲속 나무들 사이로 고블린 수십 마리의 모습이 보였다.

"……."

순간 나이젤은 등골이 서늘해져 왔다. 나이젤이 알고 있는 고블린은 80센티 정도 되는 키를 가진 왜소한 체격의 소형 몬스터였다.

하지만 눈앞에 나타난 고블린들의 모습은 판이하게 달랐다.

악귀처럼 흉악하게 일그러져 있는 얼굴과 1미터가 훌쩍 넘는 키, 그리고 울퉁불퉁한 근육까지.

보디빌더 같은 근육을 가진 고블린들이 나이젤 눈앞에 나타났으니까.

Chapter 2

'저게 고블린이라고?'

나이젤은 가늘게 뜬 눈으로 고블린들을 노려봤다.

본래 게임 속 고블린은 왜소한 체격과 성인 남성보다 약한 힘을 가졌다.

그런데 보라, 1미터가 훌쩍 넘는 키와 울퉁불퉁하게 잘 발달된 근육을.

고블린 한 마리가 영지군 병사 2명은 충분히 상대할 수 있어 보였다.

기가 막힌 나이젤은 고블린의 정보를 확인했다.

[카오스 고블린]

[등급] 2성 일반.

[능력치]
무력: 35, 통솔: 30.
지력: 20, 마력: 25.
[특기] 돌진(D).

'카오스 고블린?'

고블린의 능력치 정보를 확인한 나이젤은 눈살을 찌푸렸다.

본래 게임대로라면 고블린의 무력과 통솔은 20 아래였다.

지력과 마력도 10 정도 수준.

그런데 등급도 1성에서 2성으로 올라 있으며, 특기 또한 E급이어야 하는데 D급이었다.

전체적으로 능력치들이 상승한 상황.

거기다 일반적인 고블린도 아니었다.

'대체 뭐가 어떻게… 아.'

문득 나이젤은 현대에서 마지막으로 정신을 잃으며 보았던 메시지가 기억났다.

[당신은 모든 영주로 천하 통일이라는 놀라운 업적을 달성하셨습니다.]

[에픽 미션 난이도가 불가능으로 설정되어 있습니다. 이후 거의 모든 미션에 적용됩니다.]

"빌어먹을 난이도."

"예? 방금 뭐라고 하셨습니까?"

나이젤의 중얼거림에 옆에 있던 딜런이 반응했다.
"아니, 아무것도 아니야."
딜런에게 손사래를 친 나이젤은 숲속 나무 사이에 숨어 있는 카오스 고블린들을 노려봤다.
틀림없었다.
본래라면 토벌 이벤트에선 일반 고블린들이 등장해야 했다.
하지만 불가능 난이도 때문에 카오스 고블린으로 업그레이드된 모양이었다.
'게임에서 못 보던 몬스터인데.'
카오스라는 명칭이 붙은 몬스터는 트리플 킹덤에서 보지 못했다.
문제는 그뿐만이 아니었다.
"기마대는 나를 따르라!"
다리안 영주의 동생이자 노팅힐 영지의 유일한 무장인 가리안이 창을 높이 치켜들며 소리쳤다.
두두두두두!
나이젤이 미처 말릴 새도 없이 백부장 가리안은 기마대 10기와 함께 카오스 고블린들을 향해 달려 나갔다.
"……."
설마가 사람 잡는다고, 숲에 도착하자마자 다짜고짜 달려 나갈 줄이야!
'진짜 생각이 있는 건지, 없는 건지.'
나이젤은 머리가 아파 왔다.
그나마 가리안이 이끄는 기마대는 기동성이 좋으니 고블린들의 동향을 파악하기에 용이하고, 위급 사항이 생겨도 유연하게 대처할 수 있을 것이다.

하지만 보병대는 예외다.

"영주님!"

일단 나이젤은 다급하게 다리안 영주를 불러 세웠다. 다리안 영주가 가리안 백부장의 뒤를 따라 보병들을 진군시키려 했기 때문이다.

"나이젤 십부장, 무슨 일이지?"

그때 다리안 영주 옆에 있던 신경질적으로 보이는 인물이 끼어들었다.

영지군에서 두 명뿐인 오십부장 중 한 명인 제임스였다.

"진군을 중지하고 상황을 지켜봐야 합니다."

"뭐라고?"

나이젤의 말에 제임스의 눈빛이 날카로워졌다.

"네놈이 뭔데 주제넘게 참견하는 것이냐. 고작 십부장 따위가."

"고블린들의 상태가 이상하지 않습니까? 현재 고블린들은 숲속 입구에 숨어 있습니다. 이대로 숲에 들어가는 건 위험합니다. 가리안 백부장님이 고블린들을 정찰하고 온 다음에 진격해도 늦지 않을 겁니다."

나이젤은 최대한 침착한 표정으로 차근차근 설명해 주었다.

나이젤의 말대로 영지군을 발견한 고블린들은 숲속 입구에서 움직이지 않고 있었다.

숲속에 또 무엇이 있는지 모르는 상황에서 기동력이 좋은 기마대라면 모를까 보병들을 무작정 밀어 넣을 순 없었다.

하지만 제임스는 가소롭다는 표정을 지으며 말 위에서 나이젤을 내려다봤다.

"그래 봤자 고블린 수십 마리다. 영지군보다 수도 적은 고블린 따위에게 당할 것 같으냐?"

"그 말이 맞네, 나이젤 십부장. 설마 고블린 따위에게 우리 영지군이 질 리가 있겠나?"

옆에 있던 다리안 영주도 고개를 끄덕이며 제임스를 거들었다.

그들은 영지군이 고블린들에게 질 거라고는 조금도 생각하지 않았다.

어디서 나오는 건지 알 수 없는 다리안 영주와 제임스의 근거 없는 자신감에 나이젤은 속이 탔다.

"그럼 병사들을 움직이겠습니다."

제임스는 영지군의 총사령관인 다리안 영주에게 고개를 숙인 후 병사들을 돌아봤다.

영지군의 전력은 방금 출격한 기마병 10기를 포함해서 검병 서른 명, 궁병 스무 명, 창병 스무 명이었다.

"영지군을 좌우로 전개해라. 놈들을 포위해서 섬멸한다!"

포위섬멸진(包圍殲滅鎮)!

병력을 좌우로 전개하여 적들을 감싸듯 포위망을 구축한다.

제임스가 생각한 승리의 그림이었다.

'이런, 제길!'

하지만 제임스의 명령에 나이젤은 눈살을 찌푸렸다.

숲속 상황이 어떤지 알지도 못하면서 다짜고짜 진군하는 것도 모자라 포위섬멸진이라니?

지금 제임스의 행동은 게임 속과 똑같았다. 이대로 가면 정말 게임대로 숲속에 숨어 있는 고블린들에게 기습을 받게 될 것이다.

거기다 더 큰 문제는 상대가 카오스 고블린이라는 사실이었다. 게임과 다르게 전멸할 가능성도 있었다.

"안 됩니다!"

더 이상 지체할 수 없다고 느낀 나이젤은 다리안 영주와 제임스의 앞을 막아섰다.

"숲속에 놈들이 얼마나 더 숨어 있을지 모르지 않습니까? 진군하기 전에 정찰부터 먼저 해야 됩니다!"

"닥쳐라! 감히 내 명령에 불복하겠다는 것이냐!"

제임스는 장검을 꺼내 나이젤의 목에 겨누며 소리쳤다.

이에 질세라 나이젤도 마주 노려보며 제임스의 요약 정보 창을 확인했다.

[상태 창]

이름: 제임스.

종족: 인간.

나이: 35세.

타입: 문관.

직위: 오십부장.

클래스: 블레이더.

고유 능력: 농간(C).

무력(45/53), 통솔(51/58).

지력(10/31), 마력(25/25).

정치(61/72), 매력(32/39).

'아, 지력 10짜리 빡대가리 새끼가.'

상태 창만 봐도 대충 견적이 나왔다.

지력은 낮지만 정치가 높다.

거기다 고유 능력은 확신범 수준이다.

평균 수준의 머리로 농간을 잘 부리는 정치꾼.

즉, 잔머리를 굴리면서 정치질을 잘한다는 소리였다.

"영주님!"

나이젤은 다리안 영주를 바라봤다.

제임스와는 이야기가 안 된다.

그렇다면 믿을 건 현재 영지군 최고 통수권자인 다리안 영주밖에 없었다.

"제임스 오십부장, 우선 검부터 내려놓게."

"……."

다리안 영주의 말에 제임스는 이를 악물며 검을 내렸다.

"영주님, 명령 불복종은 즉결심판입니다. 저놈 때문에 병사들의 사기가 저하되었습니다. 어떻게 책임을 지게 할 생각이십니까?"

제임스는 날카로운 눈빛으로 나이젤을 노려봤다.

'지금이 기회인데 저놈 때문에……!'

이번 고블린 토벌은 제임스에게 있어 큰 기회였다.

눈엣가시 같던 해리가 영지 방어를 위해 최소 병력과 함께 영주 성에 남았다.

이 틈에 제임스는 고블린들을 상대로 큰 전공을 세워 해리를 눌러 버릴 생각이었다.

그런데 뜬금없이 나이젤이 트집을 잡는 게 아닌가?

"군의 사기도 중요하지만 목숨보다 중요하지는 않습니다."

나이젤은 한심한 눈으로 제임스를 바라봤다.

군의 사기?

물론 중요하다.

하지만 그보다 작전과 정보가 더 중요하다.

잘못된 작전과 정보로 애꿎은 병사들의 목숨만 날아갈 수도 있으니까.

"지금은 정찰부터 해야 합니다. 정찰도 하지 않고 무작정 숲으로 돌격했다가 매복이라도 당하면 어쩔 생각입니까?"

"매복을 당할지 그걸 어떻게 알아! 그리고 고블린 매복 따위 있으면 뭐? 전부 쳐 죽이면 될 일 아닌가?"

나이젤의 말에 제임스는 오히려 적반하장으로 나왔다.

'하긴, 이래야 노팅힐 영지군답지.'

나이젤은 속으로 혀를 찼다.

노팅힐은 시골 영지다.

대부분의 영지민들은 순박한 성격이며, 영지군 병사들도 마찬가지였다.

그러니 제임스 같은 인물도 군 간부가 될 수 있었겠지.

물론 그만큼 정치질을 해 댔을 터.

하지만…….

"기본적인 전술도 없이 무슨 전쟁을 하겠단 건지."

나이젤 앞에서는 어림도 없었다.

"이놈이……."

자신을 무시하는 나이젤의 말과 행동에 검을 쥐고 있는 제임스의 손에 힘이 들어갔다.

그 모습에 나이젤도 눈살을 찌푸리며 제임스를 노려봤다.

그 순간.

"진격 중지! 전군은 제자리에서 대기하라!"

카오스 고블린들이 숨어 있는 작은 숲과 영지군 사이에서 우렁찬 외침이 울려 퍼졌다.

그 소리에 나이젤을 비롯한 다리안 영주와 제임스의 고개가 돌아갔다.

그곳에 기마대를 이끌고 다급한 모습으로 돌아오는 가리안 백부장의 모습이 보였다.

*　　　　*　　　　*

사령관 막사 안.

"이거 나이젤 십부장 덕분에 살았군."

고블린을 치러 나갔다가 돌아온 백부장 가리안은 호탕하게 웃었다. 나이젤은 자신의 등을 팡팡 두들기고 있는 백부장 가리안을 바라봤다.

[상태 창]

이름: 가리안.

종족: 인간.

나이: 37세.

타입: 무관.

직위: 백부장.

클래스: 블레이더.

고유 능력: 아크틱 템페스트 블레이드(D).

무력(72/78), 통솔(61/61).

지력(41/44), 마력(63/65).

정치(20/20), 매력(29/29).

다리안 영주의 동생이자, 노팅힐 영지의 유일한 기사.

실질적으로 영지군을 이끄는 장수이며 영지에서 가장 강한 무관이었다.

'무관으로는 조금 괜찮은 수준이지만, 단순하다는 게 흠이지.'

다른 영지의 무장들과 비교한다면 지력, 정치, 매력이 바닥을 쳤다.

가리안뿐만이 아니다.

노팅힐 영지군의 십부장들을 비롯한 간부급 인물들은 대부분 힘이 군사력의 전부라고 생각하는 무관들이었다.

그 때문에 지력과 매력이 낮아 쓸 만한 인재 등용에 어려움을 겪고 있었다.

제임스 같은 간사한 인물이 오십부장이라는 영지군 간부 자리에 있다는 사실만 봐도 알 수 있지 않은가?

그나마 지력과 정치가 높은 문관인 해리가 있다는 사실이 기적이었다.

해리마저 없었다면 노팅힐 영지는 진즉에 파탄 났을 테니까.

"설마 숲속에 변이 고블린들이 더 숨어 있을 줄은 몰랐네. 만약 보병들까지 숲에 들어갔다면 피해가 컸을 것이야."

가리안은 어두운 표정으로 말했다.

기마대보다 상대의 숫자가 많긴 했지만, 충분히 상대할 수 있을 거라 여겼다. 기마병과 보병의 차이는 그만큼 컸으니까.

하지만…….

"숲 입구에 있던 고블린들은 미끼였네. 숲 너머에 백 마리에 가까운 고블린들이 더 숨어 있더군."

"백… 마리?"

가리안의 말에 제임스가 숨을 들이켰다. 그 정도 숫자면 보병들을 숲속으로 진격시켰을 경우 전멸에 가까운 피해를 입었을 수도 있었다.

"그 탓에 기마병 2기를 잃고 말았지."

"그렇습니까?"

가리안의 말에 나이젤은 어두운 표정을 지었다.

생각보다 카오스 고블린들이 강했던 모양이었다.

가리안의 기마대라면 적어도 희생자 없이 전원 무사히 돌아올 줄 알았다.

그래서 미리 가리안을 막거나 경고하지 않았다. 그런데 희생자가 두 명이나 나올 줄이야.

이제 노팅힐 영지와 한배를 타게 된 나이젤 입장에서 생각지도 못한 병력 손실은 안타까웠다.

"표정이 왜 그런가? 자네 탓이 아니니 신경 쓰지 말게. 기마병 녀석들을 잃은 건 순전히 내 탓이니. 오히려 자네가 보병들을 막아 준 덕분에 피해가 없었지 않았나."

"그래도 제가 경고라도 했었다면……."

"그만."

가리안은 손을 들고 나이젤의 막을 막았다.

"이곳은 전장이다. 전장에 나선 이상 목숨을 잃는 건 각오해야 하는 일이지. 그리고 자네의 경고를 들었다고 한들 결과는 다르지 않았을 거네."

가리안은 쓴웃음을 지으며 말했다.

그 역시 내심은 좋지 않았다.

기마대는 가리안이 심혈을 기울여 키운 직속 부하들로, 영지군 중에서 가장 정예부대였으니까.

"그보다 문제는 변이한 고블린 놈들이야. 덩치도 커졌고 힘도 더 강해졌더군. 고블린 한 놈이 일반 병사 수준은 되었어. 그런 놈들이 백 마리가 넘게 숲속에 숨어 있었지."

가리안은 화제를 돌렸다.

지금 당장 노팅힐 영지군은 카오스 고블린들을 상대해야 했다.

또한 가리안은 카오스 고블린들을 변이 몬스터로 인식하고 있었다.

"아마 지휘관급 몬스터가 있을 겁니다. 숲에서 고블린들이 백부장님을 쫓아오지 않았으니까요."

야생 몬스터였다면 앞뒤 보지 않고 숲에서 뛰쳐나왔을 것이다.

하지만 카오스 고블린들은 숲속에 웅크린 채 상황을 지켜보고 있었고, 실제 게임에서도 고블린들을 통솔하는 지휘관급 몬스터가 존재했다.

그러니 분명 지휘관급 몬스터가 숲속에 숨어 있을 터.

'놈을 잡아야 돼.'

문제는 고블린들이 덩치가 커지고 근육 빵빵한 몬스터가 되었다는 사실이었다.

그래도 나쁜 점만 있는 건 아니다.

게임대로였다면 제임스 때문에 대부분의 영지군이 증발했을 테지만, 나이젤이 제임스를 막은 덕분에 건재했다.

그렇다면.

'아직 할 만하다.'

나이젤은 다리안 영주와 가리안 백부장을 향해 입을 열었다.

"저한테 작전이 하나 있습니다."

트리플 킹덤의 첫 번째 에피소드, 몬스터 플러드.

트리플 킹덤 메인 스토리의 서막을 여는 시나리오다.

아크 대륙을 지배하는 슈테른 제국 전역에서 대규모 몬스터들이 발생한다.

이에 따라 제국의 지방 영주들은 대량 발생한 몬스터들을 진압하기 위해 군사력을 확대하고 개별 지휘권을 가지게 된다.

그로 인해 중앙집권체제인 제국의 황권은 땅에 떨어진다.

지금은 그 전조, 기간테스 산맥에서 몬스터들이 내려오게 되면서 고블린 토벌 이벤트가 발생한 것이다.

"작전? 고블린들이 숲에 얼마나 숨어 있는지 알게 되었으니 딱히 필요 없지 않나. 기습만 조심한다면 고블린 따위 별것 아니지."

작전이 있다는 나이젤의 말에 제임스가 귀신같이 물고 늘어졌다. 그리고 가리안 백부장을 바라봤다.

"백부장님, 저한테 맡겨 주시면 숲속에 있는 고블린 놈들을 모조리 쓸어버리겠습니다. 저한테 맡겨 주십시오!"

이미 제임스는 나이젤에게 첫수를 빼앗겼다.

다음 수까지 빼앗길 순 없었다.

"제임스 오십부장."

"예, 가리안 백부장님!"

제임스는 신뢰 가득한 얼굴로 자신보다 키가 큰 가리안을 올려다봤다.

평소 제임스는 가리안 백부장의 눈에 들기 위해 노력해 왔다. 덕분에 오십부장이라는 자리까지 오를 수 있었다.

그렇기에 믿었다.

백부장 가리안은 무슨 일이 있어도 자신의 편이 되어 줄 것이라고.

그런데.

"대가리 박아."

"…예?"

전혀 생각지도 못했던 가리안의 말에 제임스는 멍청한 표정을 지었다.

"대가리 박으라고, 이 새끼야!"

가리안은 목에 핏대를 세우며 소리쳤다.

"네놈 때문에 영지군이 전멸할 뻔했는데 뭐? 맡겨 달라고? 돌았냐? 이 새끼야!"

돌연 가리안이 제임스를 쥐 잡듯이 잡기 시작했다.

가리안은 이미 영지군에서 무슨 일이 있었는지 알고 있었다.

고블린이 숨어 있는 숲과 좀 떨어진 곳에 주둔지를 만들 때, 지금까지 무슨 일들이 있었는지 나이젤이 전부 고해 바쳤던 것이다.

"나이젤 십부장에게 들어 보니까 아주 가관이더만? 정찰도 안 하고 진군을 해? 그리고 뭐? 포위섬멸진? 에라, 미친놈아! 영지군을 고블린 밥으로 던질 생각이었냐?"

"아, 아니 그게 아니고……."

"닥쳐라! 감히 오십부장 따위가 나에게 말대꾸를 하는 것이냐! 네놈은 일반 병사로 강등하고, 본성에 돌아가면 연병장 50바퀴 형에 처하겠다. 끌고 가!"

서슬 퍼런 가리안의 명령에 막사 안에 있던 병사 두 명이 제임스를 밖으로 끌고 나갔다.

"가, 가리안 백부장님!"

뒤늦게 제임스가 구슬프게 가리안을 목청껏 불렀지만, 이미 엎질러진 물이었다. 일반 병사로 강등되었으니, 지휘권은커녕 사실상 영지군에서 퇴출된 것이나 다름없었다.

'와, 노팅힐 영지군에서 강제 퇴출을 당하는 놈이 있네?'

이런 당나라 군대 같은 노팅힐 영지군에서 버림받다니.

막장이 아닐 수 없었다.

'부럽다.'

하지만 나이젤은 살짝 제임스가 부러웠다. 이제 제임스는 노팅힐 영지군에서 나가고 싶으면 얼마든지 마음대로 나갈 수 있을 테니까.

자신은 나가고 싶어도 나가지 못하는데 말이다.

"나이젤 십부장."

그때 가리안이 나이젤을 불렀다. 제임스를 향해 서슬 퍼렇게 소리치던 것과는 다르게 나이젤을 부르는 목소리는 어딘가 온화하고 부드러웠다.

"예, 가리안 백부장님."

"제임스 녀석은 신경 쓰지 말게. 내가 확실히 조져, 아니, 조치를 취해 둘 테니."

가리안 백부장은 안심하라는 표정으로 나이젤을 바라보며 웃었다.

그 미소가 얼마나 해맑아 보이던지.

'불쌍한 놈.'

나이젤은 어색한 미소로 화답하며 고개를 끄덕여 보였다.

아무래도 제임스는 가리안 백부장에게 확실히 찍혀 버린 모양이었다.

만약 영지군에 남는다고 하면 군 생활이 좀 고달파질 것 같았다.

[백부장 가리안의 호감도가 10 올랐습니다.]

그때 나이젤의 시야에 시스템 메시지가 떠올랐다.

'가리안 백부장까지.'

눈앞에 떠오른 호감도 메시지에 나이젤은 식은땀을 흘렸다.

다리안 영주에 이어 가리안 백부장도 호감도 메시지가 떠오를 줄이야.

나이젤은 애써 호감도 메시지를 무시했다.

'그래도 게임이랑 성격이 다르지 않아서 다행이네.'

가리안 백부장은 싸움을 좋아하긴 하지만 부하도 아낄 줄 아는 장수였다.

그 때문에 영지군을 사지로 몰아넣을 뻔했던 제임스가 마음에 들지 않았다. 그런 마당에 영지군을 다시 맡겨 달라고 당당하게 소리칠 줄이야.

그것도 전멸했을지도 모를 영지군을 구해 준 나이젤을 무시하면서 말이다.

"그럼 자네의 작전이라는 걸 어디 한번 들어 볼까?"

"네."

나이젤은 가리안 백부장의 말에 고개를 끄덕였다.

"그 전에 준비할 게 있습니다."

나이젤은 다리안 영주를 향해 미소를 지었다. 망나니 십부장으로 유명한 나이젤이 사고를 치기 전, 항상 짓던 미소였다.

*　　　*　　　*

콰콰콰쾅!

카오스 고블린 무리들이 숨어 있는 숲속에서 폭음이 울려 퍼지며 붉은 화염이 치솟아 올랐다.

매캐한 검은 연기와 붉은 화염이 고블린 무리가 숨어 있는 후미에서 일어났다.

'시작됐군.'

영지군의 가장 선두에 선 나이젤은 숲을 바라봤다.

고블린들이 숨어 있는 숲은 좌우가 좁고 앞뒤가 긴 직사각형 모양이었다.

또한, 숲의 양옆은 협곡으로 막혀 있는 대신 중앙으로 큰 길이 하나 나 있다.

이와 같은 상황에서 나이젤이 세운 작전은 간단했다.

고블린들 몰래 일부 병사들을 협곡 위로 올려 보낸다.

그리고 협곡 위에서 고블린들의 후방에 술통들을 굴려 떨어트리고 그 자리에 불화살을 꽂아 넣는 작전이었다.

즉, 고블린들의 엉덩이에 불을 붙이는 것이다.

트리플 킹덤 게임에서 진현이 다리안 영주로 플레이했을 때 요긴하게 써먹었던 전법들 중 하나였다.

"아아, 내 술들이……."

숲 저편에서 피어오르는 새카만 연기를 바라보며 다리안 영주는 울상을 지었다. 이번 작전에 사용된 술통들은 죄다 다리안 영주가 애지중지하던 고급품들이었으니까.

"영지를 위해서입니다."

"아, 알겠네."

나이젤의 한마디에 다리안 영주는 고개를 끄덕였다.

아깝지만 어쩔 수 없었다.
그리고 이제 엉덩이가 노릇노릇하게 구워지고 싶지 않다면, 고블린들이 숲속 중앙 길을 통해 몰려나올 터.
"전군, 좌우로 전개하라!"
나이젤의 옆에 서 있던 가리안이 우렁찬 목소리로 명령을 내렸다.
그러자 검병 스무 명과 창병 열 명이 반씩 나뉘어져 각각 좌우로 전개되었다. 중앙에는 영지군 서른 명이 남았다.
숲속 중앙 길 입구를 영지군이 반구 모양으로 포위한 상황.
키에엑!
"온다."
전방에서 들려오는 괴성에 나이젤은 검과 방패를 꽉 움켜쥐었다.
예상대로 나무와 수풀 같은 장애물이 없는 중앙 길에 고블린들이 모습을 드러냈다.
"전투 준비!"
가리안이 검을 치켜들며 소리쳤다.
키익! 키엑!
가장 먼저 숲속의 불길에 쫓겨 튀어나온 카오스 고블린 스무 마리가 괴성을 지르며 영지군을 향해 달려들었다.
영지군의 중앙엔 검병 열 명이 방패를 들고 전방에 서 있었다.
콰앙!
이윽고 카오스 고블린 무리들이 검병들과 충돌했다.
"버텨!"

"밀리지 마! 밀리면 죽는다!"

"창병은 뒤에서 공격해!"

순식간에 전선이 혼잡해졌다. 검병들은 라운드 실드로 카오스 고블린들을 막아 내기 위해 악을 썼다.

"방패 들어, 이 자식들아!"

나이젤 또한 검병으로 이루어진 자신의 십인대를 향해 소리쳤다.

스아악! 푹!

전방에서 검병들이 카오스 고블린들을 막는 사이, 옆쪽에서 치고 들어온 창병들이 뒤에서 창을 내질렀다.

키에에엑!

눈앞에 검병들에게 집중하다가 불의의 일격을 당한 카오스 고블린들이 나가떨어지는가 싶더니 금세 다시 일어나 달려들었다.

'역시 일반적인 고블린과 달라.'

나이젤은 이를 악물었다.

이 세계에서 처음으로 경험하는 첫 전투.

그 때문일까.

생각만큼 몸이 잘 움직여 주질 않았다.

비록 동기화 덕분에 과거 진짜 나이젤의 전투 감각을 가지고 있다 해도, 실제로 싸우는 건 이번이 처음이었다.

기억하고 있는 것과 실제로 경험하는 것은 전혀 달랐다.

그리고 굳어 있는 건 영지군 병사들도 마찬가지였다.

대부분 농민들이었으니까.

그들은 두려운 눈으로 카오스 고블린들을 바라보며 죽지 않기 위해 억지로 검을 휘두르고 창을 내질렀다.

그나마 다행인 점은 우리가 수적으로 우세하다는 사실이었다.

키에에엑!

그때 나이젤의 왼쪽 옆에서 카오스 고블린 한 마리가 달려왔다.

이미 카오스 고블린 한 놈을 족치고 있던 나이젤은 재빨리 방패, 라운드 실드를 치켜들었다.

콰앙!

'크!'

어마어마한 충격이 방패를 타고 나이젤에게 전달되었다.

하지만 나이젤은 방패를 든 방어 자세를 풀지 않았다. 방패를 꽉 움켜쥔 채 뒤로 쭉 밀려났을 뿐이었다.

[Lv3 방패 스킬(C) 숙련도 경험치가 1% 올랐습니다.]

그 순간 나이젤의 시야에 시스템 메시지가 떠올랐다. 현재 나이젤이 가지고 있는 기본 스킬은 총 세 가지였다.

[패시브 스킬]

1. 한 손 검술(C): 숙련도 86%

2. 방패술(C): 숙련도 89%

3. 없음.

[액티브 스킬]

1) 강력한 일격(C): 숙련도 91%

2. 없음.

3. 없음.

이 스킬들은 나이젤이 진현과 동기화하기 전에 가지고 있던 능력들이었다.

한마디로 나이젤의 능력이 스킬화된 것이다.

또한, 패시브와 액티브별로 최대 세 개까지 스킬을 장착할 수 있었다.

키에에에엑!

그때, 나이젤을 공격했던 카오스 고블린이 이번에는 십인대 부대장 딜런의 등 뒤에서 방망이를 치켜들었다.

"아……."

뒤에서 들려오는 괴성에 힐끔 뒤돌아본 딜런은 순간 머릿속이 새하얘졌다.

그 또한 이미 카오스 고블린 한 마리를 상대 중이었다.

하지만 나이젤과 다르게 도저히 막을 수 있는 상황이 아니었다.

나이젤의 경우 옆에서 공격이 들어왔기 때문에 방패로 어떻게든 대처 할 수 있었지만, 딜런의 경우 앞뒤에서 공격이 들어오고 있었기 때문이다.

진퇴양난의 상황.

'끝인가.'

딜런은 죽음을 직감했다.

앞뒤에서 날아들고 있는 카오스 고블린의 방망이가 느리게 보였다.

거기다 등 뒤에서 슬금슬금 다가오고 있는 다른 카오스 고블린들까지.

딜런은 끝이라고 생각했다.

적어도 귓전을 후려치는 나이젤의 고함 소리가 들려오기 전까지는.

"정신 차려, 이 새끼야!"

나이젤의 외침에 화들짝 정신을 차린 딜런은 본능적으로 장검을 치켜들었다.

콰가가각!

카오스 고블린의 방망이가 딜런의 장검에 가로막혔다.

그 순간.

콰아아아앙!

딜런의 등 뒤에서 어마어마한 굉음과 함께 충격파가 터져 나왔다.

그 때문에 딜런과 그 앞에 있던 카오스 고블린은 사이좋게 땅바닥을 나뒹굴었다.

그나마 다행인 건 딜런을 덮친 충격파는 여파에 지나지 않았다는 것.

하지만 딜런의 등을 노렸던 카오스 고블린은 충격파를 정통으로 맞고 수십 미터 이상 튕겨져 날아가면서 전신이 박살 났다.

또한, 충격파의 범위 안에 있던 다른 카오스 고블린 몇 마리도 함께 휩쓸려 허공을 날았다.

"……."

일순 정적이 찾아왔다.

영지군 병사들은 물론 카오스 고블린들까지 경악한 표정으로 충격파가 터진 폭심지를 바라보았기 때문이다.

하지만 그것도 잠시.

"와아아아아!"

영지군 병사들은 환호성을 내질렀다.

단 일격에 나이젤이 카오스 고블린 다섯 마리를 날려 버렸으니까.

"지금이다! 나머지 고블린 놈들을 쓸어버려라!"

그 틈을 놓치지 않고 백부장 가리안이 카오스 고블린의 머리통을 날려 버리며 소리쳤다.

그 뒤를 이어 나이젤의 시야에 시스템 메시지가 떠올랐다.

[당신의 활약에 병사들의 사기가 크게 올랐습니다. 통솔력이 3 증가합니다.]

메시지를 확인한 나이젤은 만족스러운 미소를 지었다.

하지만 그것도 잠시.

S급 고유 능력 임팩트의 위력은 상상 이상이었다.

때문에 반동도 컸다.

방패를 들고 있는 팔에서 잔 경련이 일어나고 전신이 후들거렸다.

임팩트의 위력을 견디기에 아직 나이젤의 육체는 부족한 점이 많았다.

'역시 훈련을 해야겠어.'

나이젤은 육체를 단련할 필요성을 느꼈다. 플레이어 특전으로 잠재 능력 한계치가 대폭 상승하긴 했지만, 현재 무력은 겨우 50을 조금 넘는 수준이었다.

무력이 50이면 견습 기사 정도 된다.

그리고 무력이 60이 되면 평기사가 될 자격과 함께 무관으로서 무장이 될 수 있었다.

하지만 지금 나이젤의 무력으로는 임팩트의 반동을 버티는 것조차 힘든 상황이었다.

그 때문에 임팩트의 출력 또한 나이젤의 신체 능력에 맞게끔 상당히 제한되어 있었다.

'문제는 무력 최대 한계치가 60이라는 사실이지.'

나이젤의 무력 한계치는 좋은 편이 아니었다. 겨우 무장에 턱걸이할 수 있는 수준이었으니까.

그 때문에 대책이 필요했다.

부족한 무력을 메우기 위한 대책이.

하지만 이미 나이젤은 몇 가지 방법을 알고 있었다.

게임 속 숨겨진 정보들을 알고 있었으니까.

이번 토벌전이 끝나면 부족한 무력을 채울 생각이었다.

키에에엑!

그때 또다시 숲속 중앙 길에서 카오스 고블린들이 괴성을 지르며 튀어나오기 시작했다.

카오스 고블린들의 본대였다.

초록색 물결처럼 일렁이는 카오스 고블린의 무리가 일렬로 늘어서 있는 상황.

그런 카오스 고블린들의 옆구리를 검병들과 창병들이 급습하고 있었다.

'여기까지는 작전대로군.'

전체적인 전황은 나이젤의 생각대로 흘러갔다.

남은 건, 모든 영지군들이 이대로 숲속 중앙 길을 포위하고 튀어나오는 카오스 고블린들을 척살하는 것뿐.

키야아아아악!

순간 숲속 쪽에서 어마어마한 괴성이 들려왔다.

쿵쿵쿵!

마치 지진이라도 난 것처럼 지면이 흔들렸다. 동시에 전장을 짓누르는 압박감이 느껴짐과 함께 심장이 요동쳤다.

'놈이다.'

나이젤은 직감했다, 카오스 고블린들을 이끄는 지휘관급 몬스터가 나타났다는 것을.

드디어 고블린 토벌전의 보스 몬스터가 등장한 것이다.

쌔애애액!

순간 숲속에서 날카로운 파공성이 울려 퍼지며 정체를 알 수 없는 무언가가 어마어마한 속도로 영지군을 향해 날아들었다.

콰아아아앙!

그 직후 검병들과 카오스 고블린들이 접전을 벌이고 있는 장소에서 폭발이 일어났다.

"크아아악!"

키에에엑!

폭발과 함께 생겨난 충격파에 검병들과 카오스 고블린들이 비명을 지르며 튕겨 날아갔다.

"뭐, 뭐야?"

나이젤 또한 놀란 표정으로 폭발이 일어난 장소로 고개를 돌렸다.

그리고 볼 수 있었다.

천천히 가라앉고 있는 흙먼지 속에서 모습을 드러낸 2미터 길이의 흉흉한 검은 창을.

방금 저 흑창이 지면에 박히면서 그 충격파를 사방으로 퍼트렸던 것이다.

'무슨 위력이…….'

나이젤은 눈살을 찌푸렸다.

크아아아아아!

그때 공기가 진동하며 숲속 중앙 길에서 다시 한번 괴성이 울려 퍼졌다.

"……!"

숲을 바라본 나이젤의 얼굴이 굳어졌다.

그곳에는 2미터가 넘는 키에 팔다리의 어마어마한 근육이 눈에 띄는 거대한 고블린 한 마리가 서 있었으니까.

[카오스 고블린 챔피언]

[등급] 2성 보스.

[타입] 파워.

[능력치]

무력: 65, 통솔: 45.

지력: 30, 마력: 35.

[특기] 괴력(D).

숲속 중앙 길 입구에 나타난 카오스 고블린 챔피언.

생김새는 카오스 고블린과 그리 다르지 않았다.

다만 카오스 고블린보다 체격이 2배 정도 더 크고, 검은 흉갑을 입고 있었다.

거기다 놈의 무기는 조금 전 내던진 거대한 검은 창일 터.

별다른 무장 없이 커다란 방망이만 들고 있는 카오스 고블린과는 대조적이었다.

크아! 크아아! 크앙크앙!

카오스 고블린 챔피언은 손짓을 하며 괴성을 질렀다.

그러자 카오스 고블린들이 일사불란하게 움직이며 영지군을 상대하기 시작했다.

그사이 챔피언은 흑창이 꽂혀 있는 장소로 움직였다.

자신의 앞을 가로막는 검병들을 손으로 휘저어 내던져 버리거나, 아니면 발로 뻥뻥 걷어찼다.

"크아아악!"

"마, 막아!"

어떻게든 검병들이 앞으로 나서서 방패로 막아 보려고 했으나 속절없이 허공만 날았다.

그리고 얼마 지나지 않아 챔피언은 지면에 꽂혀 있던 흑창을 뽑아 들 수 있었다.

"이노오옴!"

바로 그때 주변에서 달려들던 카오스 고블린들을 정리한 백부장 가리안이 말을 타고 챔피언을 향해 돌진했다.

까아앙!

장검과 흑창이 충돌하자 대기를 찢는 듯한 날카로운 쇳소리가 울려 퍼졌다.

"큭!"

가리안의 얼굴이 일그러졌다.

장검을 통해서 전해지는 충격과 챔피언의 힘이 생각보다 강했기 때문이다.

캉! 캉!

이윽고 가리안과 챔피언은 서로 검과 창을 주고받기 시작했다.

가리안의 장검이 날카로운 궤적을 그리며 내려쳐지면, 챔피언은 흑창으로 장검을 쳐 내고 반격해 왔다.

'그러고 보니 게임에서 가리안이 고블린 지휘관을 잡았었지.'

비록 상대가 일반 고블린 지휘관이 아니라 카오스 고블린 챔피언이었지만.

그래도 가리안이 챔피언보다 조금 더 강한 편이었다.

무력이 7만큼 더 높았으니까.

그랬기에 나이젤은 믿었다.

백부장 가리안이라면 충분히 카오스 고블린 챔피언을 쓰러트릴 수 있을 것이라고.

키힛! 키히힛!

순간 공방전을 주고받던 챔피언이 기분 나쁜 웃음을 흘렸다.

명백한 비웃음이었다.

"이놈이 감히!"

놈의 도발에 기분이 상한 가리안은 눈살을 찌푸렸다. 그리고 장검을 높이 치켜들었다.

예리하게 번득이는 장검에 오러가 집중되면서 푸른빛이 흘러나왔다.

'그래, 저거라면!'

나이젤의 눈이 기대감으로 반짝였다.

백부장 가리안의 고유 능력.

아크틱 템페스트 블레이드!

차가운 기운을 흩뿌리며 적을 일도양단할 수 있는 필살의 기술!

"어디 이것도 한번 막아 봐라!"

날카로운 파공성과 함께 차가운 한기를 흘리며 가리안의 장검이 카오스 고블린 챔피언을 향해 쇄도했다.

유려한 푸른 궤적을 그리는 장검.

콰가가가각!

"헛!"

순간 가리안은 놀란 표정을 지으며 숨을 삼켰다.

카오스 고블린 챔피언이 흑창을 비스듬하게 눕히며 가리안의 장검을 흘려냈기 때문이다.

챔피언의 특기인 괴력 덕분이었다.

잠깐 동안 챔피언의 무력이 상승하면서 가리안의 일격을 비껴낸 것이다.

그렇게 회심의 일격이 막혀 버린 가리안이 아주 잠깐 틈을 보인 사이.

챔피언은 그 틈을 놓치지 않았다.

푸욱!

챔피언의 흑창이 가리안이 타고 있던 말의 옆구리를 깊숙이 파고들었다.

히히히히힝!

깜짝 놀란 말은 비명을 지르며 앞다리를 높게 치켜올렸다.

"어엇!"

갑작스러운 사태에 미처 대응하지 못한 가리안이 말에서 굴러떨어졌다.

크아아아아!

그 순간 챔피언이 괴성을 지르며 흑창을 옆으로 휘둘렀다.

퍼억!

"커헉!"

말에서 굴러떨어진 직후 갑작스럽게 들어온 공격이었기에 가리안은 피할 수 없었다.

다만 팔을 들어 막았을 뿐.

하지만 아직 챔피언의 괴력은 풀리지 않은 상태였다.

콰직!

그 때문에 가리안은 팔이 부러지면서 허공을 날았고, 수 미터 정도 나가떨어지며 땅바닥을 뒹구는 수모를 당했다.

"가, 가리안 백부장님!"

"백부장님이 지다니……."

"우린 이제 끝났어……."

그 모습을 본 십부장들과 병사들의 눈이 흔들렸다.

노팅힐 영지군에서 유일한 장수인 가리안 백부장.

그런 그가 카오스 고블린 챔피언에게 패한 것이다.

'가리안이 졌다고?'

나이젤은 손으로 이마를 짚었다.

눈앞이 캄캄했다.

그래도 가리안의 무력을 믿고 있었는데 설마 질 줄이야!

크아아아아아!

강적을 쓰러트렸다는 사실에 카오스 고블린 챔피언은 힘차게 승리의 함성을 5초간 내질렀다.

챔피언의 함성에 카오스 고블린들의 기세가 살아났고, 반대로 영지군은 급속도로 사기를 잃었다.

크르르.

시원하게 포효한 카오스 고블린 챔피언은 전장을 둘러봤다.

다음 타깃을 찾기 위해서였다.

크륵?

그리고 발견했다, 영지군 최후미에서 다른 병사들과 다르게 화려해 보이는 갑주를 입고 울상을 짓고 있는 중년 사내를.

"허윽!"

카오스 고블린 챔피언과 눈이 마주친 다리안 영주는 사레가 들린 것처럼 헛기침을 했다.

몸이 움직이지 않았다.

강렬한 살기가 담긴 챔피언의 눈빛에 머릿속이 하얗게 질리면서 아무런 생각도 할 수 없었다.

그저 공포에 질려 부들부들 떨고 있을 뿐.

크아아아아!

이윽고 챔피언이 괴성을 지르며 다리안 영주를 향해 달려들기 시작했다.

"아, 안 돼!"

"영주님을 지켜라!"

"마, 막아!"

다리안 영주 곁에 있던 병사들이 악을 쓰며 챔피언 앞을 막아섰다.

하지만 의미가 없는 일이었다.

가리안 백부장을 날려 버린 챔피언이 고작 병사 몇 명에게 가로막힐 리 없었으니까.

챔피언 앞을 막아선 병사들은 하나같이 허공을 날며 튕겨져 나갔다.

"으."

공포에 질려 있던 다리안 영주가 뒤늦게 정신을 차렸다.

눈앞에서 병사들을 창으로 후려치며 어마어마한 기세로 달려드는 챔피언의 모습이 보였다.

이대로 가면 죽는다.

자신뿐만이 아니라, 자신을 따르는 영지군 병사들까지도.

'내가, 내가 지켜야 돼!'

"으아아아아!"

눈앞에서 카오스 고블린들에게 영지군 병사들이 죽어가는 모습을 본 다리안 영주는 비명 같은 괴성을 내질렀다.

"내 영지민은 못 건드린다, 이 괴물아!"

다리안 영주는 검을 치켜 들고 챔피언을 향해 맞섰다.

어차피 도망칠 수도 없는 상황.

자신을 향해 달려오는 챔피언을 바라보며 다리안 영주는 이를 악물었다.

죽음의 공포가 점점 더 커져 간다.

당장이라도 이곳을 벗어나고 싶었다.

하지만 그럴 수 없었다.

자신을 위해 죽어 간 영지군 병사들이 있었으니까.

눈물 콧물로 얼룩진 얼굴로 다리안 영주는 카오스 고블린 챔피언 앞에서 검을 치켜 든 채 우두커니 서 있었다.

콰콰콰!

그에 반해 카오스 고블린 챔피언은 어떤가?

먹잇감을 발견한 맹수처럼 엄청난 속도로 질주해 오고 있었다.

금방이라도 다리안 영주를 찢어 죽일 기세였다.

키히힛!

눈 깜짝할 사이에 다리안 영주 앞에 당도한 카오스 고블린 챔피언이 기괴한 웃음을 흘렸다.

"아……."

다리안 영주는 멍한 표정으로 챔피언을 올려다봤다.

천천히 카오스 고블린 챔피언의 흑창이 치켜 올라가는 모습이 보였다.

다리안 영주도, 그리고 아무것도 할 수 없다는 비통한 사실에

눈물을 흘리고 있는 영지군 병사들도.

다음 순간 챔피언의 흑창이 다리안 영주를 꿰뚫을 거라 생각했다.

"거기까지."

챔피언의 등 뒤에서 나직한 목소리가 울려 퍼지기 전까지는 말이다.

키힛?

갑작스러운 목소리에 흠칫 놀란 챔피언은 고개를 뒤로 돌렸다.

그리고 푸른 눈이 위험하게 빛나는 금발 사내를 볼 수 있었다.

"이 악물어라."

투콰앙!

카오스 고블린 챔피언의 면상에 임팩트가 발동된 나이젤의 방패가 내리꽂혔다.

Chapter 3

크아아아악!

카오스 고블린 챔피언이 비명을 지르며 뒤로 나자빠졌다.

눈앞에 있는 다리안 영주에게 모든 신경을 집중하고 있던 챔피언은 등 뒤에서 덮쳐 온 기습을 미처 피하지 못했다.

"자, 자네는……."

다리안 영주는 놀란 표정으로 챔피언의 면상을 후려갈긴 인물을 바라봤다.

"아직 끝나지 않았습니다. 뒤로 물러나 계십시오."

나이젤은 다리안 영주를 바라보며 말했다.

갑작스러운 일격에 얼굴을 처맞은 챔피언은 정신을 차리지 못하고 있었다. 하지만 곧 정신을 가다듬고 반격을 해 올 터.

나이젤은 여전히 널브러진 채 정신을 차리지 못하고 있는 챔피언의 가슴을 향해 장검을 역수로 잡고 꽂았다.

푸욱!

크아아아아아아!

가슴에 검이 꽂힌 카오스 고블린 챔피언은 괴성을 지르며 몸을 일으키려 했다.

나이젤은 재빨리 놈에게서 검을 빼며 물러났다.

촤악!

나이젤의 장검이 뽑히면서 챔피언의 가슴에서 초록색 피가 뿜어져 나왔다.

'역시 이 정도로는 안 되나?'

나이젤은 이를 악물었다.

분명히 심장을 노렸건만, 놈의 흉갑과 근육 때문인지 심장까지 단번에 꿰뚫는 데는 실패했다.

크르르.

이를 드러내며 나이젤을 노려보는 챔피언의 섬뜩한 붉은 눈에서 흉흉한 기세가 피어오른다.

전신을 옥죄여 오는 흉흉한 살기.

"나, 나이젤 십부장?"

그때 챔피언 너머에서 떨리는 목소리가 들려왔다.

나이젤은 챔피언에게서 눈을 떼지 않고 답했다.

"이곳은 위험합니다. 안전한 장소로 가십시오."

"하, 하지만."

"걱정하지 않아도 됩니다. 저에게 맡겨 주십시오."

"아……."

자신에게 맡겨 달라는 나이젤의 말에 다리안 영주는 왜인지 모르게 안도감을 느꼈다.

분명 상황은 최악이었지만, 눈앞의 사내라면 어떻게든 해 줄 거라는 생각이 든 것이다.

"고, 고맙네."

다리안 영주는 주변에 있던 병사 몇 명의 호위를 받으며 벗어났다.

이곳에 남아 봤자 나이젤의 발목만 잡는다는 사실을 알고 있었으니까.

크르르.

카오스 고블린 챔피언은 떠나가는 다리안 영주를 힐끔 쳐다보았다가 이내 나이젤을 노려봤다.

'역시 피해가 없을 리 없지.'

아까 전의 기세 같았으면 단숨에 다리안 영주에게 달려들었을 터.

아니, 당장 나이젤에게조차 달려들지 않고 있다는 사실만 봐도 알 수 있었다.

챔피언의 상태가 좋지 않다는 것을.

챔피언은 나이젤을 주시하며 조용히 체력을 회복 중이었다.

그건 나이젤도 마찬가지.

"……."

나이젤은 말없이 카오스 고블린 챔피언을 노려봤다.

'위험했어.'

하마터면 계획이 어긋날 뻔했다.

이런 곳에서 다리안 영주가 죽으면 곤란하다.

앞으로 나이젤의 영지 발전 계획에 다리안 영주가 해 주어야 할 일들이 있었으니까.

또한, 영주로서 나이젤이 세상에 드러나지 않게 하기 위한 대외적인 방패 역할도 해 주어야 했다.

적어도 나이젤이 힘을 얻거나 노팅힐 영지 세력이 더 커지기 전까지는.

그뿐만이 아니다.

"진현아, 살면서 정말 믿을 수 있는 사람이 생기면 너도 믿어 주고 도와주거라. 그런 사람은 언젠가 너한테 큰 도움을 줄 거다."

어렸을 때부터 종종 들어 왔던 할머니의 말씀이었다.

진현은 부모님이 계시지 않고 할머니의 손에서 컸다는 이유만으로 주변으로부터 외면받고 살았다.

도와주기는커녕 따뜻한 말 한마디 걸어 주는 사람조차 없었다.

그런 진현에게 처음으로 곁에 있어 달라고 손을 내밀어 준 사람이 다리안 영주였다.

'나쁘지 않았지.'

자신에게 호의적인 다리안 영주.

확실히 할머니의 말씀이 맞았다.

다리안 영주는 믿을 만한 인물이며, 앞으로 자신에게 많은 도움을 줄 예정이었으니까.

문제는 다리안 영주가 이용당하기 쉬운 호구라는 사실이지만, 그건 나이젤이 뒤에서 붙잡아 주면 되는 일이었다.

거기다 다리안 영주는 목숨이 위태로운 상황에서도 오히려 검을 들고 챔피언에게 맞서는 바보 같은 행동을 택했다.

다름 아닌 영지민을 지키기 위해서.

그런 다리안 영주가 죽는 모습을 나이젤은 보고 싶지 않았다.

그리고…….

"내 거 건드리면 뒈진다, 처죽일 고블린 새끼들아!"

본래 김진현.

그러니까 나이젤은 소유욕이 강한 만큼 현실에서 느끼는 상실감이 큰 인물이었다.

노팅힐 영지를 키워 보기로 마음먹은 이상 애착이 생길 수밖에 없었다.

다른 군주들이 건드리지 못할 정도로 노팅힐 영지를 성장시키겠다고 다짐했을 때부터 말이다.

그런데 고블린 놈들이 노팅힐 영지에 손을 대려 하고 있었다. 거기다 다리안 영주를 죽이려고까지 했다.

용서할 수 없었다.

나이젤은 검과 방패를 꽉 움켜쥐며 카오스 고블린 챔피언을 노려봤다.

어쨌든 눈앞에 있는 챔피언은 무조건 쓰러트려야 할 적이었다.

그래야 고블린 토벌전을 끝낼 수 있으니까.

쾅!

순간 나이젤은 지면을 박차며 앞으로 튀어 나갔다. 쏜살같이 챔피언의 앞까지 달려간 나이젤은 장검을 휘둘렀다.

카앙!

날카로운 쇳소리와 함께 불꽃이 튀었다. 챔피언의 흑창이 나이젤의 장검을 막은 것이다.

키힛!

카오스 고블린 챔피언의 입꼬리가 올라갔다.

그 순간 날카로운 파공성과 함께 흑창이 내질러져 왔다.

캉!

하지만 나이젤은 방패로 흘려 냈다.

'큭.'

분명 창을 비껴 냈건만 방패를 들고 있는 왼팔이 얼얼했다.

하지만 지체하지 않고 바로 챔피언의 왼쪽 옆구리를 향해 장검을 찔러 넣었다. 그러자 챔피언은 몸을 회전하면서 장검을 피했다.

그뿐만이 아니라 몸의 회전력을 실은 흑창을 크게 휘둘렀다.

부웅!

아슬아슬하게 나이젤의 머리카락 위로 흑창이 스쳐 지나갔다. 막을 수 없다고 판단한 나이젤이 재빨리 무릎을 굽히고 허리를 숙인 것이다.

키힛?

가리안처럼 공격을 막을 거라 생각했던 모양인지 챔피언은 당황했다.

덕분에 아주 잠깐 가슴에 틈을 보였다.

그 틈을 놓치지 않고, 굽히고 있던 무릎과 허리를 펴며 나이젤은 방패로 챔피언의 가슴을 강하게 밀어 쳤다.

쾅!

밸런스가 무너진 카오스 고블린 챔피언의 몸이 휘청거렸다.

그로 인해 생겨나는 큰 틈.

'지금이다!'

나이젤은 오른손에 들려 있는 장검을 꽉 움켜쥐었다.

"임팩트."

콰앙! 스아악!

마치 발검을 하듯 아래에서 위로 사선을 그리며 나이젤의 장검이 세차게 나아갔다.

지면에 늘어트려 놓았던 장검 끝에 임팩트를 발동시킨 것이다.

그 결과, 임팩트의 충격파를 추진력으로 삼아 어마어마한 힘과 속도로 장검을 휘두를 수 있었다.

'큭!'

나이젤은 이를 악물었다.

악다문 이 사이로 신음이 새어 나왔다.

장검으로 임팩트를 사용한 반동은 방패로 썼을 때보다 컸다.

오른쪽 손아귀가 찢어진 거로도 모자라 팔까지 나가 버렸으니까.

오른팔을 축 늘어뜨린 나이젤은 눈앞에 서 있는 카오스 고블린 챔피언을 노려봤다.

크, 크어어어어…….

무언가 말하기 위해 입을 열려는 순간, 챔피언의 왼쪽 옆구리에서 오른쪽 겨드랑이까지 사선으로 선이 생겨났다.

스르륵!

이어서 챔피언의 몸통이 사선을 따라 분리되며 초록색 피가 솟구쳐 나왔다.

그와 동시에 나이젤의 시야에 시스템 메시지가 떠올랐다.

[축하합니다! 당신은 2성 보스 몬스터 카오스 고블린 챔피언을 처치하셨습니다! 보상으로 전공 포인트 2,000을 획득합니다.]

[축하합니다! 당신은 고블린 토벌 이벤트를 완료하셨습니다. 보상으로 전공 포인트 1,500을 지급하고 스킬 상점을 활성화합니다.]

[축하합니다! 당신은 카오스 몬스터가 등장하는 불가능 난이도 이벤트를 클리어하셨습니다. 추가 전공 포인트 1,500을 지급합니다.]

'끝났다.'

눈앞에 떠오른 메시지를 확인한 나이젤은 전투가 끝났다는 사실을 실감했다. 하지만 아직 모든 게 끝난 건 아니었다. 나이젤은 반 토막이 난 챔피언을 향해 다가가 놈의 목을 베고 머리를 들어 올렸다.

"노팅힐 영지군 십부장 나이젤이 고블린 지휘관의 목을 베었다!"

쩌렁쩌렁하게 울려 퍼지는 나이젤의 승리 선언.

지금 영지군 병사들에게 필요한 말이었다. 영지군의 사기는 바닥을 치고 있었으니까.

"와아아아아!"
"이겼다!"
"나이젤 십부장님이 고블린 지휘관의 목을 베었다!"
"나이젤 십부장님 만세!"
여기저기서 영지군 병사들의 기쁜 함성 소리가 들려왔다.
지하 밑바닥까지 가라앉았던 사기가 단번에 하늘까지 치솟아 올랐다.
그에 반해 남아 있던 카오스 고블린들은 난리가 났다.
키륵? 키에엑!
지휘관인 챔피언이 쓰러지자 카오스 고블린들은 당황했다.
애초에 본능으로만 움직이는 몬스터들이었기에 지휘관의 부재는 타격이 컸다.
"고블린 놈들을 전부 쓸어라!"
카오스 고블린들을 통솔하던 지휘관이 없는 지금이라면 충분히 남은 잔당들을 전부 쓰러트릴 수 있었다.
최후의 공격 명령을 내린 나이젤은 선 채로 조용히 눈을 감았다.

*　　　*　　　*

고블린 토벌전이 끝났다.
이번 전투에서 노팅힐 영지군이 받은 피해는 적지 않았다.
총원 80명 중 사망자만 절반이었고, 그 나머지도 대부분 크고 작은 부상을 입었다.

상대가 일반 고블린이었다면 이 정도까지의 피해는 입지 않았겠지만 상대는 카오스 고블린이었으니까.

그나마 나이젤이 활약해 주었으니 이 정도 피해였지, 그렇지 않았다면 전멸했어도 이상할 게 없었다.

'문제는 이제 시작이라는 사실이지.'

노팅힐 영주성에 마련된 1인 병실에서 나이젤은 생각에 잠겨 있었다.

토벌전 전투가 끝나고 하루가 지난 상황.

지난 전투에서 임팩트를 남용하며 싸운 결과 오른손이 찢어지고 팔이 골절됐다.

거기다 전신의 근육이 찢어져 끔찍한 근육통까지 겪고 있었다.

그 때문에 당분간 절대안정을 취하며 며칠 쉬어야 한다고 의사에게 경고까지 받았다.

'대비를 해 놓아야 돼.'

고블린 토벌 이벤트는 그저 시작에 지나지 않는다.

앞으로 노팅힐 영지는 기간테스 산맥에서 내려온 몬스터들에게 계속해서 습격받을 것이다.

트리플 킹덤의 첫 번째 에피소드 몬스터 플러드가 끝날 때까지.

[에피소드 미션: 1차 노팅힐 영지를 지켜라!]

첫 번째 에피소드 몬스터 플러드가 시작되었습니다.

첫 번째 에피소드가 끝날 때까지 기간테스 산맥에서 내려오는 몬스터 웨이브로부터 노팅힐 영지를 지키십시오.

다음 웨이브는 약 두 달 뒤에 있습니다.

난이도: C.

진행 사항: 60일.

보상: 3,000전공 포인트.

고블린 토벌전이 끝나고 나이젤이 받은 미션이었다.

'다음 웨이브는 두 달 뒤.'

고블린 토벌 때보다 최소 몇 배 이상의 규모로 몰려올 터.

그때까지 최대한 영지군을 키우고, 무장들을 영입해야 했다.

그리고 무엇보다.

'강해질 필요가 있어.'

전쟁에서 살아남으려면 자신을 지켜 줄 병사들이나 세력도 필요하지만, 우선적으로 자신의 무력이 뒷받침되어야 한다.

이 세계는 힘이 중심이었으니까.

당장 고블린 토벌 이벤트만 해도 힘이 없었다면 어떻게 되었겠는가?

분명 챔피언에게 죽었을 것이다.

그뿐만이 아니다.

앞으로 노팅힐 영지에서 다양한 이벤트가 발생할 예정이었다.

그때 무장들을 영입하려면 힘을 보여 주어야 했다.

그것이 지력이든, 무력이든 간에.

'역시 그곳에 갔다 올 수밖에 없나?'

트리플 킹덤에서 단기간에 무장을 빠르게 성장시킬 수 있는 방법이 몇 가지 있었다.

그중 하나가 바로 던전이었다.

던전 내에 존재하는 몬스터들을 상대로 실전 경험을 쌓을 수 있고, 무엇보다 공략 보상으로 여러 아이템을 얻어 강해질 수 있었다.

그곳이 히든 던전이라면 더욱더.

일단 최소 무력 잠재 능력 한계치까진 찍을 필요가 있었다.

문제는 나이젤의 무력 한계치가 낮다는 사실이었지만, 보완할 방법이라면 몇 가지 있었다.

그렇기에 나이젤은 몸이 어느 정도 회복되는 대로, 노팅힐 영주성에서 멀지 않은 숲속에 있는 히든 던전에 갈 계획이었다.

그곳에서 얻을 수 있는 공략 보상이 나이젤의 고유 능력 임팩트(S)와 상성이 좋았으니까.

'일단 그 전에.'

나이젤은 시야 한쪽 구석에 시스템 목록을 띄웠다.

이전에는 없었던 새로운 항목이 하나 더 생겨나 있었다.

스킬 상점.

챔피언을 처치하고 토벌 이벤트를 클리어하면서 받은 보상 중 하나.

사실상 고블린 토벌 이벤트는 튜토리얼에 불과하며, 스킬 상점은 튜토리얼을 클리어하면 받을 수 있는 보상이었다.

나이젤은 시야에 떠올라 있는 스킬 상점 항목을 클릭했다.

[스킬 상점을 오픈합니다.]

잠시 후, 나이젤의 시야에 다양한 스킬 목록들이 주르륵 떠올랐다.

트리플 킹덤에서 오직 플레이어들만이 이용할 수 있는 스킬 상점.

'이건 게임대로네.'

나이젤의 시야에 떠오른 스킬들은 전부 F등급이었다. 처음 스킬 상점을 개방했을 때는 F급밖에 살 수 없었다.

F급 스킬의 개당 가격은 평균 1,000전공 포인트.

하지만 나이젤은 토벌전에서 전공 포인트, 즉 WP를 총 5,000이나 벌었다.

1성 보스를 쓰러트렸다면 1,000WP를 얻었을 테지만, 2성 보스인 챔피언을 쓰러트렸기에 2,000WP를 얻었다.

그리고 카오스 몬스터들이 등장한 '불가능 난이도'에서 고블린 토벌전을 클리어한 덕분에 원 플러스 원으로 기본 보상 1,500WP에 추가 보상 1,500WP를 받았다.

최대 다섯 개까지 스킬을 살 수 있는 상황. 일단 나이젤은 자신이 가진 스킬들을 확인했다.

[패시브 스킬]

1. 중급 한 손 검술(C).

—숙련도: 96%

2. 중급 방패술(C).

—숙련도: 98%

3. 없음.

[액티브 스킬]

1) 중급 강력한 일격(C).

—숙련도: 100%

2. 없음.

3. 없음.

'한 손 검술과 방패술이 좋긴 하지만…….'

문제는 초반에만 좋고 후반으로 갈수록 쓸모가 없어진다는 데 있었다.

등급을 올린다고 해도 다른 상승 검법에 비하면 밀릴 수밖에 없었다.

거기다 상승 검법을 배우게 해 주는 선행 스킬도 아니었다. 한 손 검술은 오러를 다루지 않는 기본 검술이었으니까.

[고대 마도 검법(F): 1,000전공 포인트]

[노팅힐 영지 검법(F): 100전공 포인트]

[마이트 검법(F): 1,000전공 포인트]

[제국 검법(F): 1,000전공 포인트]

[…….]

나이젤은 스킬 목록에서 검법을 검색했다. 다양한 검법들이 주르륵 떠오르는 가운데 노팅힐 영지 검법이 깨알같이 보였다.

'다른 스킬들은 가격이 1,000포인트인데 우리 영지만 100포인트라니.'

나이젤은 절로 헛웃음이 나왔다.

아무리 그래도 그렇지 스킬 상점에서조차 무시당할 줄이야.

노팅힐 영지군 병사들의 검법을 개선할 필요가 있어 보였다.

'있다.'

한참 스킬 목록을 확인하던 나이젤의 얼굴에 만족스러운 미소가 번졌다.

[무영검법(F)]

오러를 다룰 수 있는 기본 검법 중에서 가장 좋은 검법 중 하나.

'다른 스킬들은…….'

나이젤은 이후 같은 방식으로 목록들을 쭉 내리며 원하는 스킬들을 찾았다.

[무영투법(F)]
[무영심법(F)]

'좋아. 다른 것들도 다 있군.'

무영류 검법, 투법, 심법.

본래 트리플 킹덤은 서양 중세 판타지를 배경으로 한 게임이지만, 모드(Mod) 설치를 할 수 있었다.

그 덕분에 무협을 좋아하는 일부 유저들이 무공 스킬을 사용할 수 있는 모드를 만들었다.
진현 또한 무협을 좋아하는 편이었기에 모드를 설치했다.
그 결과 트리플 킹덤 곳곳에 숨겨진 무공서들이 존재하게 되었다.
스킬 상점도 마찬가지.
그리고 진현은 무협뿐만이 아니라 다양한 모드들을 깔았다.
다양한 모드를 설치해서 자유롭게 플레이할 수 있다는 점이 트리플 킹덤의 인기 요소 중 하나였으니까.
하지만 그건 어디까지나 진현이 플레이했던 트리플 킹덤 게임의 이야기였다.
이 세계에 진현이 설치한 모드가 존재한다는 말은 곧…….
'내가 플레이했던 트리플 킹덤 게임을 모방해서 만든 세계인 건가?'
아니면 이 세계를 모방해서 만든 게임이 트리플 킹덤인 것일까?
아직 속단할 수 없었다.
다만, 이 세계가 게임이든 뭐든 한 가지 사실만큼은 지난번 고블린 토벌전에서 뼈저리게 깨달았다.
이 세계는 현실이라고.
'아무튼 일단 살아남고 봐야지.'
이 세계에서 죽는다면 어떻게 될까?
알 수 없었다.
하지만 본능이 소리쳤다.
죽고 싶지 않다고.
그렇다면 이 세계에서 살아남을 수 있을 정도로 강해질 필요가 있었다.

'일단 나머지 스킬부터 찍자. 패시브 스킬은 다 구했으니 남은 건…….'

검법, 투법, 심법은 패시브 스킬들이었다. 나이젤은 액티브 스킬 목록을 훑어봤다.

[무영신법(F)]

[육체 강화(F)]

'일단 이 정도면 되겠군.'

사용하면 이동속도를 높여 주는 무영신법과 일정 시간 육체를 강화시켜 주는 육체 강화 스킬.

둘 다 나이젤에게 필요한 스킬들이었다. 무영신법은 회피기였으며, 육체 강화는 고유 능력 임팩트를 사용할 때 유용할 테니까.

그리고 무영류 검법, 투법, 신법, 심법은 전부 나중에 나이젤이 배울 생각인 상승 무공의 필수 선행 스킬이었다.

[선택한 스킬들을 전부 구매하시겠습니까? Yes Or No.]

눈앞에 떠오른 메시지를 확인한 나이젤은 망설임 없이 Yes를 눌렀다.

[전공 포인트 5,000이 차감됩니다.]

'하. 버는 건 힘든데 쓰는 건 한순간이네.'

고블린 토벌전에서 목숨을 걸어 가며 벌었던 전공 포인트 5,000이 한순간에 전부 날아갔다.

아깝다는 생각이 잠깐 들었지만, 어쩌겠는가?

다섯 개의 스킬들은 앞으로의 계획에 꼭 필요했다.

나이젤은 액티브 스킬, 강력한 일격을 제외한 모든 스킬들을 교체시켰다.

스킬 슬롯은 얼마든지 바꿔 끼울 수 있었으니까.

그리고 검법은 필수였고, 투법은 행여 무기를 잃었을 때를 위함이었다.

나이젤이 생각하고 있는 상승무공을 익히려면 검법, 투법, 신법, 심법을 전부 다 배워야 했다.

"으음."

스킬을 교체한 나이젤의 몸에서 은은한 황금빛이 흘러나왔다.

그와 동시에 아찔한 느낌이 머리와 전신을 관통하며 지나갔다.

슬롯에 모든 스킬들이 장착되면서 방대한 정보가 나이젤의 머릿속을 파고들었기 때문이다.

"후. 이건 게임과 다르네."

갑작스러운 느낌에 경직되었던 몸이 나른하게 풀어지면서 개운해졌다.

그리고 알 수 있었다, 무영류 검법, 투법, 신법, 심법의 정보가 머릿속에 각인되었다는 사실을.

'역시 심법이 사기야.'

아랫배 부근이 찌르르했다.

나이젤은 자신의 몸에 마력을 모을 수 있는 그릇이 만들어졌음을 느꼈다.

마나 홀(Mana Hall).

육체를 단련하는 자들이, 오러를 다룰 수 있게 되면 생기는 마력의 그릇이다.

무협으로 치면 내공을 모으는 단전(丹田)이라 할 수 있었다.

이제 심법 수련을 시작하면 하단전에 마나를 축적시킬 수 있을 것이다.

그리고 트리플 킹덤의 무관들, 즉 기사들 또한 심법을 수련한다.

하지만 대부분 하급 심법이었기에 효능이 좋지는 않았다.

그럼에도 심법이 있고 없고의 차이는 컸다.

심법을 배운 자가 훨씬 빠르게 오러를 다룰 수 있으니까.

'그럼.'

모든 스킬을 확인한 나이젤은 스킬을 하나 발동시켰다.

[F급 스킬 육체 강화를 발동합니다.]

파아아앗.

"으음."

나이젤은 움찔움찔 몸을 떨었다.

육체 강화는 마력으로 신체를 강화시켜 주는 것뿐만이 아니라 부상도 회복시켜 준다.

특히 전신이 근육통에 시달리는 상태에서 회복을 시작하자 온몸이 짜릿했다.

"후. 이거 중독될 거 같네."

얼마나 시간이 흘렀을까.

육체 강화의 지속 시간이 끝났음에도 나이젤은 기분 좋은 미소를 지었다.

육체 강화 덕분에 찢어진 오른손의 상처가 일부 회복됐고, 골절된 오른팔도 다시 붙었다.

이 정도면 하루 정도 꾸준히 육체 강화를 쓰면 상당히 회복할 수 있을 것 같았다. 특히 근육통에 즉효였다.

한 번 썼을 뿐인데 당장 일어나서 움직일 정도로 좋아졌으니까.

'이제 좀 쉬어야지.'

나이젤은 침대 위에 편안히 등을 기대며 눈을 감았다.

* * *

그 날 저녁.

나이젤의 병실에 손님들이 찾아왔다.

다리안 영주와 백부장 가리안, 그리고 오십부장 해리였다.

"몸은 좀 어떤가? 나이젤 십부장."

병실에 들어오자마자 다리안 영주가 만면에 미소를 지으며 말을 걸어왔다.

"이제 괜찮습니다."

괜찮다고 말하는 나이젤을 다리안 영주는 살짝 화난 표정으로 바라봤다.

여전히 나이젤은 오른팔 전체에 붕대를 감고 있었고, 침대에서 몸을 움직이지도 못하고 있었으니까.

"괜찮기는 뭐가 괜찮나. 몸을 움직이지도 못하면서!"

아닌데.

귀찮아서 안 움직이는 건데.

이미 나이젤의 몸은 육체 강화 스킬 덕분에 당장 일어나서 뛰어다녀도 될 정도로 회복되어 있었다.

"한 며칠 쉬면 나아지겠죠."

하지만 나이젤은 얼굴에 철판을 깔았다. 이미 거의 다 회복된 상태였지만 굳이 말할 필요는 없었다.

오히려 부상을 핑계로 2~3일 편안하게 쉴 생각이었다.

"자네는 정말……."

그런 사실을 알 리 없는 다리안 영주는 나이젤의 말에 괜히 눈시울이 붉어졌다.

백부장 가리안과 오십부장 해리도 마찬가지.

그들의 눈에 비치는 나이젤은 중환자였다. 손이 찢어지고 팔은 골절된 상태였으니까.

거기다 전신에 자잘한 부상을 입어서 움직이기 힘든 상황이라고 의사에게 전해 들었다.

그런데도 괜찮다니!

"정말 고맙네. 이렇게까지 나와 영지민들을 위해 힘써 주어서."

다리안 영주는 나이젤의 손을 맞잡으며 눈물을 글썽였다.

'딱히 고마워할 필요 없는데.'

내 것을 내가 지켰을 뿐이니.

나이젤이 몸을 던져 가며 카오스 고블린들을 토벌한 이유는 앞으로 있을 난세에서 살아남기 위함이었다.

그러려면 노팅힐 영지와 다리안 영주가 꼭 필요했다.

앞으로 다리안 영주가 해 주어야 할 일들이 있고, 영지를 거점으로 세력을 만들 생각이었으니까.

그러니 고블린 놈들이 영지를 쑥대밭으로 만드는 꼴을 두고 볼 수 없었다.

"십부장으로서 당연한 일을 했을 뿐입니다."

나이젤은 산뜻한 미소를 지어 보였다.

'그래도 뭐 나쁘지는 않네.'

자신을 걱정해 주고 고마워해 주는 그들의 모습이 썩 나쁘지 않았다.

가능하면 이들과 함께해도 좋을 것 같았다.

인간은 적응의 동물이다.

능력적인 부분은 굴리면 어떻게든 할 수 있었다.

[노팅힐 영주 다리안의 호감도가 12올랐습니다. 축하합니다. 노팅힐 영주 다리안의 호감도가 100이 되었습니다! 다리안 영주가 당신을 아들처럼 생각하고 신뢰합니다!]

'어?'

나이젤은 속으로 흠칫 놀랐다.

갑자기 눈앞에 다리안 영주의 호감도가 100이 되었다는 시스템 메시지가 떠올랐기 때문이다.

거기다 자신을 아들처럼 생각한다니?

그뿐만이 아니다.

[영주 다리안의 호감도가 충성도로 진화합니다.]

'웬 충성도?'

다리안 영주는 나이젤의 상관이었고, 나이젤은 다리안 영주의 부하였다.

그런데 충성도라니?

상관이 부하에게 충성도가 생기는 막장 상황이 발생한 것이다.

'개발자 놈들이 또 이상한 걸…….'

나이젤은 자기도 모르게 식은땀을 흘렸다. 개발자들의 괴상한 취향 때문에 트리플 킹덤에는 막장 요소가 조금 있었다.

물론 정도가 심하진 않았고, 호불호가 좀 갈리긴 했지만 대체적으로 재미가 있었기에 유저들의 불만은 없었다.

하지만 PK3 버전으로 업데이트하면서 어떤 막장 설정이 추가되어 있을지 알 수 없는 상황.

그렇기에 호감도 100을 찍은 무장이나 병사 중에서 정말 뒵다크한 무언가로 진화할 수 있었다.

"나이젤 십부장, 이제 자네는 아무것도 하지 말게. 내가 걱정돼서 잠도 못 잘 지경이야."

"형님 말이 맞네. 자네 몸이 이렇게 약해서 어딜 쓰겠나? 이제 아무것도 하지 말고 전부 우리한테 맡겨 두게."

걱정스러운 다리안 영주의 말에 이어 백부장 가리안이 가슴을 탕탕 치며 호탕하게 웃었다.

"……!"

순간 나이젤은 소름이 돋았다.

호구 영주 다리안.

근육 뇌 백부장 가리안.

그들에게 모든 걸 전부 맡긴다고?

'아, 안 돼!'

보인다.

그들이 영지를 호로록 말아먹고 있는 미래가.

그나마 오십부장 해리가 있긴 하지만 시간문제에 지나지 않았다.

그리고 나이젤의 영지 발전 계획에서 다리안 영주가 해 주어야 하는 일이 있지만, 그건 일부분이지 전반적인 영지 관련 업무는 아니었다.

'인재! 인재가 필요하다!'

나이젤은 영지 운영을 위한 인재 영입이 시급함을 깨달았다. 그런 나이젤에게 오십부장 해리가 입을 열었다.

"3일 뒤 추모식이 있을 예정이다. 그리고 다음 날 논공행상과 함께 조촐한 파티도 할 계획이지."

고블린 토벌전에서 사망하고 살아남은 병사들을 위해서.

영지군을 위해서라면 나쁘지 않은 일이었다.

"아, 참. 그리고 3일 뒤에 말이야……."

그때 무언가 생각난 듯 입을 연 다리안 영주는 말꼬리를 흐렸다.
그 말에 무언가 알 수 없는 불길함이 스멀스멀 피어올랐다.
"월버 영지에서 사자가 오기로 했네."
"……!"
나이젤은 놀란 표정을 지었다.
트리스탄 월버 남작.
삼국지연의로 치면 왕랑에 해당하는 인물로 다리안 영주와 동맹관계였다.
적어도 두 번째 에피소드가 시작하기 전까지는.
그리고 삼국지연의에서 왕랑은 엄백호와 유요가 있는 동오 지역을 놓고 패권 다툼을 벌이다 손책에게 털리는 인물이었다.
하지만 태사자와 일기토를 벌일 정도로 용맹하고, 제갈량과 설전을 뜰 정도로 지력이 높았다.
그런 왕랑이 모티브인 트리스탄 월버 남작 또한 무력과 지력이 높으며, 유감스럽지만 다리안 영주보다 뛰어났다.
물론 트리플 킹덤의 모든 군주와 무장들이 삼국지 등장인물들의 설정을 그대로 따라가는 건 아니었다.
등장인물의 배경이나 나이 등에 조금씩 차이가 있었던 것이다.
다만 트리플 킹덤의 에피소드는 삼국지 시나리오를 따라간다.
첫 번째 에피소드인 몬스터 플러드는 삼국지로 치면 황건적의 난이었으니까.
나이젤은 확인차 물었다.
"혹시 저스틴 월버 공자가 옵니까?"

"그렇네."

다리안 영주는 고개를 끄덕였다.

저스틴 월버.

월버 남작가의 장남이자 개차반 같은 성격으로 유명한 망나니였다.

노팅힐 영지를 노리는 월버 남작가의 장남이 3일 뒤 이곳에 온다.

분명 자신을 수호할 기사들과 함께.

그리고 그 말은…….

'이벤트로군.'

노팅힐 영지에서 발생하는 첫 번째 인재 등용 이벤트가 시작된 것이다.

그렇다면…….

"다리안 영주님."

나이젤은 즐거운 미소를 지으며 다리안 영주를 바라봤다.

"저 휴가 좀 보내 주십시오."

진득하게.

* * *

와장창!

고풍스러워 보이는 방 안에서 난데없이 도자기 깨지는 소리가 울려 퍼졌다.

"……."

이제 10대 후반은 되었을까.
메이드 소녀가 깨진 도자기와 함께 옆으로 쓰러지듯 주저앉아 있었다.
"멍청한 년! 넌 대체 몇 번을 실수해야 만족하는 거냐?"
"죄송합니다."
재빨리 자리에서 일어난 메이드 소녀는 눈앞에 있는 20대 초반으로 보이는 청년에게 고개를 숙였다.
갈색 머리카락과 눈을 가진, 신경질적으로 날카로운 인상의 청년.
그가 바로 윌버 남작가의 장남 저스틴이었다. 그는 차가운 얼굴로 카테리나를 바라보며 쏘아붙이듯 말했다.
"내가 왜 너 같은 무능한 년을 데리고 와서는. 쓰레기 같은 년."
"……."
저스틴의 폭언에 고개를 숙이고 있던 카테리나는 입술을 꽉 깨물었다.
사실 도자기를 깨게 된 것도 따지고 보면 그녀의 잘못이 아니었다. 저스틴이 카테리나를 치고 지나갔으니까.
그 때문에 카테리나는 휘청거리다가 도자기를 깨고 말았다.
저스틴이 그녀가 도자기를 깨도록 일부러 유도한 것이다.
그럼에도 저스틴은 그녀에게 온갖 폭언을 퍼부었다.
"넌 내가 아니면 안 돼. 내가 없으면 아무것도 못하니까."
거기다 지금처럼 저스틴은 카테리나가 하는 일에 사사건건 간섭하며 아무것도 하지 못한다고 매도했다.
"잊지 마라. 넌 나 아니면 이 저택에 있지도 못해. 그때처럼 길

바닥에서 얼어 죽고 싶지는 않겠지?"

"……!"

저스틴의 말에 카테리나는 움찔 몸을 떨었다. 그녀는 차가운 북풍이 몰아치는 북부 왕국 출신이었다.

하지만 10년 전 북부 왕국이 멸망하면서 수많은 난민들이 대륙 전역에 뿔뿔이 흩어졌다.

그리고 5년 전, 하얀 눈이 내리던 날.

대륙을 떠돌며 부랑자 생활을 하던 카테리나는 월버 영지의 길거리에서 추위와 굶주림 속에 죽어 가고 있었다.

그때 그녀를 구해 준 사람이 저스틴이었다.

하얀 눈 속에서 멍한 눈으로 올려다보던 카테리나의 모습은 하얀 눈의 요정 같았으니까.

"알고 있습니다, 저스틴 도련님. 아무것도 하지 못하는 저를 거두어 주셔서 감사합니다."

"알고 있다니 다행이군."

카테리나의 대답에 저스틴은 만족스러운 미소를 지었다.

그에 반해 저스틴이 듣고 싶은 말을 해 준 카테리나는 옷자락을 꽉 움켜쥐었다.

하지만 그뿐.

그녀는 저스틴을 거스를 수 없었다.

그의 눈 밖에 난다면 여지없이 저택에서 쫓겨날 테니까.

아무것도 없이 빈손으로 저택에서 쫓겨나면 어떻게 될지 그녀는 잘 알고 있었다.

굶주려 죽든가, 아니면 도적들에게 붙잡혀 인신매매를 당하든가.

어느 쪽이든 희망과 미래는 없었다.

"고개를 들어라."

저스틴의 말에 카테리나는 숙이고 있던 고개를 들었다.

샤라락.

그러자 얼굴 반쪽을 가리고 있던 그녀의 앞머리가 흔들렸다.

흔들리는 은빛 머리카락 속에서 얼핏 드러난 흉측한 상처.

그녀의 백옥 같은 하얀 얼굴에 화상으로 생긴 흉터가 남겨져 있었다.

새하얀 피부 때문에 붉은 흉터가 유난히 도드라져 보였다.

"내 앞에서 그걸 보이지 마!"

그녀의 흉터를 본 저스틴은 발작적으로 소리쳤다.

"죄송합니다."

저스틴의 외침에 카테리나는 앞머리를 내려 흉터를 가렸다.

왼쪽 얼굴 절반을 가리고 있는 아름다운 은빛 머리카락. 뒷머리도 허리까지 내려올 정도로 길었다.

하얀 눈 같은 피부와 붉은 눈을 가진 카테리나는 씁쓸한 표정을 지었다.

저스틴의 실수로 카테리나는 얼굴에 흉측한 화상을 입었다.

이후 저스틴은 그녀의 화상 자국을 볼 때마다 발작적으로 폭력을 행사했다.

그녀의 아름다운 얼굴에 새겨진 흉터가 마음에 들지 않았고, 흉터 속에서 섬뜩하게 빛나는 붉은 눈이 자꾸 마음에 걸렸기 때문이다.

비록 아름다운 그녀를 취할 수 없다 해도 저택에서 내치지는 않았다.

그만큼 그녀는 아름다웠으니까.

장식품으로서 곁에 두기에 충분했다.

“넌 내 거야.”

저스틴은 홀린 눈으로 카테리나를 바라봤다. 은빛 앞머리로 흉터를 가린 그녀를 본 순간 저스틴은 가슴이 두근거렸다.

마치 한 송이 얼음 꽃처럼.

혹은 하얀 눈의 요정처럼.

어느 누구라도 보는 순간 매료될 거 같은 미모를 그녀는 가지고 있었다.

비록 아무도 건드릴 수 없는 독도 함께 품고 있었지만.

“이 상처도 말인가요?”

카테리나는 슬쩍 앞머리를 올리며 붉은 흉터를 보였다.

그녀가 저스틴에게 할 수 있는 최대한의 저항이었다.

“내가 보이지 말라고 했지!”

짜악!

저스틴은 반사적으로 손을 휘둘러 카테리나의 뺨을 후려쳤다.

손바닥에서 느껴지는 짜릿한 감촉에 저스틴은 감정이 격해지기 시작했다.

“망할 년! 쓰레기 같은 년!”

왜 그때 얼굴에 화상을 입어서!

그러지 않았다면 내가 가질 수 있을 텐데!

감정이 격해진 저스틴은 쉴 새 없이 카테리나에게 손바닥을 휘둘렀다.
얼마나 지났을까.
저스틴은 숨을 몰아쉬며 팔을 멈췄다. 옷 사이에 드러난 카테리나의 새하얀 피부 위로 저스틴의 손바닥 자국이 선명하게 새겨져 있었다.
"그 흉터는 네 잘못이다. 네가 그런 곳에 있었으니까!"
저스틴은 적반하장으로 나왔다.
애초에 그녀가 화상을 입게 된 것은 저스틴의 잘못 때문이었다.
그런데도 오히려 카테리나에게 역정을 냈다.
"…네."
하지만 카테리나는 감정이 사라진 눈빛으로 고개를 끄덕일 뿐이었다.
그녀는 깨닫고 있었다.
자신이 저스틴에게서 벗어날 수 없다는 사실을.
아니, 설령 벗어난다고 해도 기다리는 건 꿈도 희망도 없는 미래였다.
"잊지 마라. 넌 내 소유물이고 네 주인은 나다. 5년 전, 널 데리고 왔을 때부터."
저스틴은 끊임없이 카테리나에게 상하 관계를 확인시켰다.
누가 주인이고, 누가 하인인지.
그런 식으로 저스틴은 카테리나를 저항할 수 없도록 옥죄였다.
자신의 명령에 순종시키기 위해.
"오늘은 이 정도로 하지."
저스틴은 자신의 손자국이 하얀 피부 위에 새겨져 있는 카테리나를 바라보며 비틀린 미소를 지었다. 마치 자신의 여자가 된 것처럼 보였으니까.
"감사합니다."
카테리나는 흐트러진 옷매무새를 바로 잡으며 일어섰다.
그런 그녀에게 저스틴은 사무적인 어조로 말을 이었다.
"이틀 뒤 노팅힐 영지에 갈 예정이다. 준비해 놔."
저스틴은 무능하기로 유명한 다리안 영주를 떠올렸다.
노팅힐 영지에서 고블린 무리들을 격퇴하고 파티를 한다는 소식을 입수했다. 겨우 고블린 따위를 격퇴한 정도로 파티라니?
그것도 노팅힐 영지 주제에.
'기어오르지 못하게 손을 봐줄 필요가 있지.'
노팅힐 영지와 윌버 영지의 전력 차는 꽤 컸다.
당장 윌버 영지에는 기사 작위를 가진 무관만 총 다섯 명이 있으며, 그들은 전부 백부장 가리안과 엇비슷한 실력이었다.
게다가 그중 한 명은 가리안보다 강했다.
거기에 흉터만 보이지 않는다면 윌버 영지 최고의 미모를 가진 카테리나도 자신을 돋보이기 위한 좋은 장식품이 될 터.
저스틴은 노팅힐 영지를 사찰하고 위신을 보일 생각이었다.
너희 따위는 언제든지 마음만 먹으면 점령할 수 있다고.
"알겠습니다."
카테리나는 공손히 고개를 숙였다.
"그럼 가서 쉬어라. 곧 약사를 보낼 테니."
조금 전 화를 내며 손찌검을 하던 때와 다르게 저스틴은 부드러운 목소리로 말했다.

"예, 감사합니다."

그에 반해 카테리나는 전과 다름없는 어조로 답하며 공손히 허리를 숙였다.

"그럼."

저스틴에게 마지막 인사를 남긴 카테리나는 방을 나섰다. 그런 그녀의 붉은 눈은 위험하게 빛나고 있었다.

*　　　　*　　　　*

[축하합니다. 무력 수치가 1 증가하였습니다.]

"헉헉."

나이젤은 거친 숨을 골랐다.

연병장에서 약 10km를 달렸고, 팔굽혀펴기 백 번, 윗몸일으키기 백 번, 스쿼트를 백 번 했다.

그 결과 무력이 1포인트 올랐다.

'괜찮네.'

현재 나이젤의 무력은 54였으며, 잠재력 한계치는 60이었다.

보통 잠재력 한계치에 가까워지면 성장 속도는 느려진다.

그런데 근육 트레이닝을 좀 했을 뿐인데 무력 수치가 1 오른 것이다.

'몸 상태도 좋고.'

육체 강화의 회복 능력 덕분에 나이젤은 빠르게 몸을 회복했다.

이 정도면 당장 히든 던전을 공략하러 가도 될 것 같았다.

하지만 일단 오늘 하루 정도는 가벼운 운동과 훈련으로 몸을 풀고 내일 히든 던전을 공략하러 갈 생각이었다.

"나이젤 대장님, 오늘 너무 무리하시는 거 아닙니까?"

그때 나이젤 십인대의 부대장인 딜런이 수건을 내밀며 말을 걸어왔다.

"뭐, 인마? 내가 이 정도도 못 할 것 같냐?"

"아직 상처가 다 나은 것도 아니지 않습니까?"

"걱정 마라, 아직 쌩쌩하니까. 그리고 4세트 더 해야 돼."

나이젤은 피식 웃으며 딜런이 건네준 수건으로 얼굴에 흐르는 땀을 닦았다.

하지만 딜런은 걱정스러운 눈빛으로 나이젤을 바라봤다.

노팅힐 영지에서 나이젤은 망나니 소리를 들으며 경원시되는 존재였다.

하지만 적어도 딜런을 비롯한 십인대 부하들은 나이젤을 따랐다.

술을 좋아하고, 술버릇이 나빠 망나니로 불릴지언정 노력만큼은 열심히 했으니까.

그리고 나이젤이 자신들을 은근슬쩍 챙겨 주고 있다는 사실도 알고 있었다.

실제로 고블린 토벌전에서 십인대들은 다들 나이젤의 도움을 한 번 이상씩 받았다.

그렇지 않았으면 몇 명은 죽어 나갔을 것이다.

"그래도 몸 좀 챙기십시오."

딜런은 걱정스러운 목소리로 말했다.

"나이젤 대장님, 여기……."

그때 나이젤의 눈앞에 수통이 내밀어졌다.

순간 나이젤은 흠칫거렸다.

자신에게 수통을 내민 사람이 다름 아닌 신병 트론이었기 때문이다.

"야, 너 설마 이거 또 술은 아니겠지?"

나이젤은 의문스러운 눈으로 트론을 바라봤다.

"아, 아닙니다! 이번에는 진짜 물입니다!"

트론은 손사래를 쳤다.

"진짜?"

이미 한 번 물통으로 위장한 술통을 넘긴 전례가 있었기에 나이젤은 의심을 거두지 않았다.

그런 나이젤 앞에서 트론은 다짜고짜 고개를 숙여 보였다.

"구해 주셔서 감사합니다!"

나름 정예 신병이었던 트론.

이제 고작 약관의 나이인 트론은 지난번 고블린 토벌전이 첫 출전으로, 그곳에서 몇 번이나 죽을 위기를 맞았었다.

나이젤의 도움이 없었다면 분명 지금 이 자리에 트론은 서 있지 못했을 것이다.

"흥, 감사는 무슨. 할 일을 했을 뿐이지."

십부장으로서 자신의 십인대를 지켰을 뿐.

비록 퉁명스럽게 대답했지만 나이젤은 속으로 작은 미소를 짓고 있었다.

'나쁘진 않아.'

현실과 다르게 이 세계에서는 다리안 영주를 시작으로 많은 사람들이 자신을 걱정해 주고 고마워했다.

그런 그들이 나이젤은 싫지 않았다.

"그래도 이제 고블린 놈들을 전멸시켰으니 안전하지 말입니다."

트론은 안도한 얼굴로 말했다.

"안전이라."

트론의 말에 나이젤은 쓴웃음이 나왔다. 고블린 토벌전은 시작에 지나지 않았다.

그런데 벌써부터 안전하다고 해이한 생각을 하고 있다니.

"우리 정예 신병 트론아."

"예, 나이젤 대장님."

"내가 왜 지금 훈련을 하고 있을까? 할 짓 없어서 내가 이러고 있는 거라 생각하니?"

"휴가가 잘려서 그런 거 아닙니까?"

트론의 나이 이제 겨우 스무 살.

아직 군 생활이 짧았기에 그는 자신이 무엇을 잘못했는지조차 알지 못했다.

그저 의식의 흐름대로 아무 말이나 내뱉고, 아무것도 모르는 순진무구한 표정으로 나이젤을 바라보고 있을 뿐.

그런 트론에게 나이젤은 산뜻한 미소를 지으며 말했다.

"대가리 박아, 이 새끼야."

Chapter 4

km

"……!"

그제야 트론은 무언가 잘못되었다는 사실을 깨달았다.

"죄, 죄송합니다!"

트론은 바로 연병장 모래 바닥에 머리를 박았다.

비록 뒤늦은 대응이었지만 눈치가 아예 없는 건 아니었다.

"신병 새끼가 빠져 가지고. 뭐? 휴가가 잘려? 휴가가 잘린 건 내가 아니라 너희들이야."

"예?"

나이젤의 말에 반응한 건 트론이 아니라 딜런이었다.

"포상식 끝나고 휴가를 받을 예정이었습니다만 잘렸다니요?"

휴가가 잘렸다니!

이게 대체 무슨 소리란 말인가!

"앞으로 두 달간 휴가는 없다."

"커헉!"

포상 휴가를 받을 생각으로 머릿속이 가득 차 있던 딜런은 피를 토할 정도로 충격을 받았다.

하지만 아직 나이젤의 말은 끝나지 않았다.

"그리고 포상식이 끝나면 바로 훈련을 시작할 예정이다. 기본 훈련으로 매일매일 러닝 10㎞, 윗몸일으키기 백 번, 팔굽혀펴기 백 번, 스쿼드 백 번. 최소 3세트씩은 각오해 놔."

"……."

반쯤 농담 같은 나이젤의 말에 딜런과 트론의 안색이 새하얘졌다.

휴가가 두 달간 잘린 것도 모자라서 훈련이라니!

"물론 쉬는 날은 없다. 그리고 병과 훈련은 따로인 거 알지?"

나이젤은 악마 같은 미소를 지으며 딜런과 트론을 바라봤다.

"아니, 대체 왜 이런 시기에 훈련을 하려고 하는 겁니까?"

결국 딜런이 불만을 토로했다.

기본 훈련만 해도 평소 노팅힐 영지군이 하는 훈련의 몇 배나 되었다.

거기에 병과 훈련까지 더한다니?

"딜런 부대장."

"예, 나이젤 대장님."

딜런은 자세를 바로 했다.

조금 전까지 장난스러웠던 나이젤의 분위기가 사뭇 진지해졌기 때문이다.

거기다 자신을 직급으로 불렀다는 말은 장난이 아니라는 소리였다.

"고블린 놈들은 시작일 뿐이야. 앞으로 그보다 더 위험한 일들이 일어날 거다. 그때 살아남으려면 강해지는 수밖에 없어."

나이젤은 복잡한 기분으로 트론과 딜런을 바라봤다.

앞으로 두 달 뒤.

노팅힐 영지를 향해 몬스터들이 몰려온다.

그 전까지 최대한 병력을 늘리고, 병사들을 훈련시켜야 했다.

그래야 노팅힐 영지를 지키고 살아남을 수 있을 테니까.

"나는 너희들이 죽는 모습을 보고 싶지 않다."

그러니 굴릴 것이다.

적어도 혼자서 카오스 고블린들을 쓰러트릴 수 있는 강병이 될 때까지.

"영지를 지키고 싶다면 강해져라."

그래야 앞으로가 편해진다.

영지를 지키고 유지하기 위한 온갖 일들을 떠넘길, 아니, 맡길 수 있을 테니까.

"……!"

그런 나이젤의 생각을 알지 못하는 딜런과 트론은 충격과 함께 감동한 표정을 지었다.

'나이젤 대장님은 이렇게까지 우리들을 걱정해 주고 있었구나.'

'고블린 토벌전에서도 그렇고 이번에도…….'

당신은 도대체!

딜런과 트론은 조금이나마 나이젤의 속마음을 알게 되었다는 생각이 들었다. 그리고 자신들을 생각해 주는 나이젤의 마음에 가슴이 뜨거워졌다.

"알겠습니다. 맡겨만 주십시오!"

"영지는 저희들이 지키겠습니다!"

"그러니 이제 무리하지 마십시오."

"맞습니다. 그런 위험한 기술 괜히 또 썼다가 다치시지 말입니다."

걱정스러운 표정으로 딜런과 트론은 서로 번갈아 가면서 말했다.

그들은 알고 있었다, 나이젤이 자신들을 구하기 위해 몸에 부담이 많이 가는 기술을 사용했다는 사실을.

그 때문에 나이젤은 전투가 끝난 후 정신을 잃고 쓰러지지 않았던가.

"별로 네놈들을 위해서 쓴 거 아니야. 고블린 놈들을 쓰러트리려고 쓴 거지."

나이젤은 고개를 옆으로 돌리며 말했다. 그러다 트론을 아래로 흘겨봤다.

"그런데 넌 왜 은근슬쩍 고개를 쳐들고 있냐? 다시 안 박아?"

"죄, 죄송합니다!"

나이젤의 한마디에 트론은 다시 모래 바닥에 대가리를 박았다.

하지만 트론은 알 수 있었다.

나이젤의 목소리가 가벼워져 있다는 것을 말이다.

'부끄러워서 그러시는구나.'

흐뭇한 미소를 지으며 트론은 연병장 바닥에 기쁜 마음으로 머리를 박았다.

[노팅힐 영지군 정예 신병 트론의 호감도 5가 올라 100이 되었습니다!]

[트론의 호감도가 숭배심으로 진화합니다. 이제 정예 신병 트론은 당신을 우러러보며 공경할 것입니다.]

[정예 신병 트론의 숭배심이 25올랐습니다. 정예 신병 트론이 당신을 존경할 수 있는 지휘관으로 생각합니다.]

"……."

갑자기 떠오른 시스템 메시지를 본 나이젤은 할 말을 잃었다.

'그래, 왜 안 뜨나 했다. 그런데 숭배심은 또 뭐야?'

설마 충성도에 이어 다른 게 생겨날 줄이야. 아무래도 호감도가 100이 되면 충성도뿐만이 아니라 다른 걸로도 진화할 수 있는 모양이었다.

'설마 정말 이상한 걸로 진화하는 건 아니겠지?'

나이젤은 살짝 걱정되었다.

개발자 놈들의 독특한 취향을 생각한다면 불가능한 일은 아니었다.

거기다 지금 자신은 트리플 킹덤 게임과 같은 세상에 있는 상황.

앞으로 어떤 일들이 생길지 알 수 없는 상황이었기에 정신 줄을 꽉 붙잡고 있어야 했다.

이런 세상에 보냈다는 사실은 둘째치더라도, 자신을 초대한다고 했으면서 삼국지의 엄백호라고 할 수 있는 다리안 영주 밑으로 보낸 지랄 맞은 놈들이었으니까.

[노팅힐 영지군 나이젤 십인대 부대장 딜런의 호감도가 80이 올라 100이 되었습니다.]

[딜런의 호감도가 충성도로 진화합니다. 충성도가 25올랐습니다. 나이젤 십인대의 부장 딜런이 당신을 신뢰합니다.]

'후.'

다행히 딜런은 충성도로 진화했다.

속으로 안도의 한숨을 내쉰 나이젤은 딜런과 트론을 향해 산뜻한 미소를 지어 보였다.

"아무튼 난 내일 하루 휴가 나갈 거니까 너희는 내일부터 당장 훈련 시작해라. 알겠냐?"

"예? 내일 휴가 나가십니까?"

"어."

"저희 휴가는 잘렸는데 대장님만 휴가를 가신다는 말입니까?"

딜런은 살짝 배신당한 표정으로 나이젤을 바라봤다.

그와 함께 나이젤의 시야에 시스템 메시지가 떠올랐다.

[딜런의 충성도가 1 하락합니다.]

'아, 진짜 가지가지 하네.'

자신의 말에 충성도가 떨어진 딜런을 바라보며 나이젤은 기가 찼다.

"딱히 놀러 가는 거 아니야, 인마."

"그럼 저희들을 버리고 어딜 가려고 하는 겁니까?"

"일하러 간다."

"네?"

나이젤의 말에 딜런과 트론은 어리둥절한 표정을 지었다.

"너희도 알고 있지? 우리 영지에 망나니 자식이 온다는 거."

"그야 뭐, 모를 리가 없죠."

이미 영주성 내에는 저스틴 월버가 온다는 소식이 파다하게 퍼져 있었다.

그 때문에 영주성의 분위기는 썩 좋지 않았다. 망나니 공자가 영주성에 와서 무슨 짓을 할지 눈에 훤했다.

거기다 미증유의 문제도 있었다.

노팅힐 영주성에도 유명한 망나니가 한 명 있었으니까.

망나니 공자 VS 망나니 십부장.

이 두 명이 만나게 되면 무슨 일이 생길지 알 수 없었다.

"망나니 공자가 직접 우리 영지에 온다는데 맞이할 준비를 해 놓아야지. 안 그러냐?"

나이젤은 딜런과 트론을 바라보며 웃어 보였다.

그 미소가 얼마나 해맑던지.

딜런과 트론은 자기도 모르게 움찔, 몸을 떨었다.

그리고 속으로 빌고 또 빌었다.

제발 포상식 날 자신들의 대장이 사고만은 치지 않기를.

*　　　　*　　　　*

다음 날 새벽.

방을 나선 나이젤은 완전 무장 상태였다. 질 좋은 가죽 갑옷 상하의 세트와 왼팔에는 움직이기 편한 소형 방패, 그리고 허리에는 장검을 찼다.

어젯밤 노팅힐 영주성의 무기고를 탈탈 털어서 최고급 장비들로 무장한 것이다.

당초 계획대로 히든 던전을 공략하고, 보상품을 얻기 위함이었다.

'앞으로 하루.'

내일 월버 영지에서 저스틴이 온다.

적어도 그 전에 히든 던전을 공략하고 영주성에 돌아올 생각이었다.

분명 노팅힐 영지에 온 저스틴이 무슨 수작을 부릴 테지.

그러니 그 전에 돌아와 저스틴 놈을 뭉개 줄 필요가 있었다.

히든 던전을 공략한 후에는 지금보다 훨씬 더 강해져 있을 테니까.

그리고 아크 대륙 곳곳에는 다양한 던전들이 존재한다.

고대 마도 시대와 연관된 던전들부터 진현이 모드(Mod)로 설치한 신(新)던전들까지.

덕분에 트리플 킹덤의 상점에서 구할 수 없는 고대 마도 시대의 아티팩트나 장비도 던전을 통하면 입수할 수 있었다.

'그걸 얻을 수 있으면…….'

노팅힐 영주성에서 얼마 떨어지지 않은 장소에 숨겨져 있는 히든 던전.

그곳에 나이젤이 얻어야 할 보상품이 있었다.

본래는 무력이 약한 다리안 영주를 플레이하는 유저를 위한 보상이었지만, 지금은 나이젤이 쓸 생각이었다.

'임팩트의 부담을 덜 수 있을 테니까.'

고유 능력 S급 전투 스킬 임팩트.

플레이어 특전인 임팩트의 위력은 어마어마했다.

그 때문에 나이젤은 임팩트의 본래 위력을 전부 끌어다 쓸 수 없었다.

몸에 가해지는 부담이 컸으니까.

그나마 지금은 육체 강화 스킬 덕분에 고블린 토벌전 때보다 출력을 더 낼 수 있지만, 그럼에도 여전히 임팩트의 위력을 전부 끌어내기에는 한참 부족했다.

'그럼.'

목적지는 침묵의 숲.

그곳에 1성급 히든 던전 나이트 케이브(Night Cave)가 있었다.

영주성에서 말 한 마리를 잡아탄 나이젤은 침묵의 숲을 향해 출발했다.

*　　　*　　　*

"워워."

영주성에서 말을 타고 약 1시간을 달린 나이젤은 고삐를 당겼다. 목적지인 침묵의 숲에 도착했기 때문이다.

"여기서 기다리고 있어."

푸르륵!

나이젤은 타고 온 말의 머리를 쓰다듬어 주었다.

침묵의 숲은 동물이나 맹수가 비교적 적었다. 다만 식물형 몬스터들이 제법 있었기 때문에 말을 타고 들어가기에는 조금 위험했다.

하지만 숲 입구는 안전한 편이었고, 나이젤이 가야 할 히든 던전도 여기서 멀리 있지 않았다.

'등잔 밑이 어두운 법이지.'

침묵의 숲 히든 던전은 입구에서 불과 얼마 떨어지지 않은 장소에 숨겨져 있었다.

다리안 영주에게서 거의 뜯어내다시피 한 장비들을 한차례 점검한 나이젤은 히든 던전이 있는 장소를 향해 발걸음을 옮겼다.

잠시 후, 나이젤의 눈앞에는 2미터가 넘는 수풀들이 연신 바람에 넘실거리고 있었다.

이곳 어딘가에 히든 던전 입구가 존재한다. 게임과 다르게 직접 찾아야 했기에 나이젤은 한동안 입구를 찾느라 헤매야 했다.

"여긴가?"

한참 그 속을 헤매던 나이젤은 마침내 수풀 속에 교묘하게 가려져 있던 히든 던전의 동굴 입구를 발견했다.

[축하합니다! 당신은 1성급 히든 던전 나이트 케이브를 최초로 발견하였습니다. 명성이 100 포인트 오르며, 업적 칭호 '히든 던전 나이트 케이브를 발견한 자'를 획득합니다.]

[보상으로 1,000전공 포인트를 지급합니다.]

[업적 칭호의 효과로 나이트 케이브에서 등장하는 몬스터들이 당신을 두려워합니다. 히든 던전 나이트 케이브에 한해서 치명타 확률이 20% 증가합니다.]

최초로 히든 던전을 발견한 덕분에 나이젤은 업적과 명성이 오르고 추가 보상까지 받았다.

어디 그뿐인가?

업적 칭호 덕분에 나이트 케이브 안에서의 치명타 확률까지 증가했다.

던전 공략을 위한 첫 시작으로는 더할 나위 없이 좋은 상황.

나이젤의 입가에 미소가 번졌다.

"좋아, 그럼 가 볼까?"

만반의 준비를 마친 나이젤은 히든 던전 나이트 케이브 안으로 진입해 들어갔다.

*　　　*　　　*

히든 던전, 나이트 케이브.

구조는 단순하게 일방통행이었다.

중간중간 돔 형태의 공간이 나오며 그곳에 몬스터들이 존재했다.

'코와 귀가 좋은 놈들이었지.'

코볼트(Kobold).

일반 고블린들보다 체격이 더 크고 개의 머리를 가진 인간형 몬스터.

그 때문에 코가 좋아 냄새에 민감하고 귀도 좋기 때문에 조용히 움직여야 했다. 또한 무리를 지어 다니는 습성도 있었다.

'그나마 라크샤샤의 약초가 있어서 다행이야.'

히든 던전을 공략하기 위해 나이젤은 이런저런 준비를 했다.

그중 하나로 다리안 영주가 애지중지하는 보물창고를 털었다.

보물창고라고 해서 대단한 게 있는 건 아니었고, 다리안 영주가 취미 삼아 모아 놓은 잡다한 물품들이 대다수였다.

하지만 다행스럽게도 나이젤에게 필요한 물품들도 있었다.

마치 잡화점처럼.

나이젤은 다리안 영주가 애지중지하는 잡품들 중에서 절반을 쓸어 담았다. 그리고 아주 조금 양심의 가책을 받았다.

다리안 영주가 울었기 때문이다.

[업적 칭호 '다리안 영주를 울린 자'를 획득하였습니다. 업적 칭호의 효과로 다리안 영주의 충성도가 +10% 영구히 증가합니다. 타당한 이유가 있는 부탁이라면 다리안 영주는 당신을 거절하지 않을 것입니다.]

그뿐만이 아니라 울고 있는 다리안 영주를 바라보고 있었더니 묘한 업적 칭호까지 생겨났다.
거기다 부탁을 잘 들어주기까지!
'역시 호구 영주.'
울상을 짓던 다리안 영주의 모습이 떠오른 나이젤은 피식 웃음을 흘렸다.
덕분에 라크샤샤의 약초뿐만이 아니라 다양한 물품들을 손에 넣을 수 있었다.
그리고 라크샤샤의 약초는 보통 빻아서 상처에 바르지만, 지금 같은 경우 다른 용도로 쓸 생각이었다.
'냄새 제거에 좋으니까.'
인간이 가진 체취는 물론 각종 도구와 무구에서 흘러나오는 냄새를 라크샤샤의 약초로 없앨 수 있으며, 오히려 풀 냄새라고 인식하게 만들어 코볼트들을 속일 수 있었다.
소리도 문제없었다.
무영신법 중에는 소리와 기척을 죽여서 이동하는 방법도 있었으니까.
크아아앙!
'있다.'
어느덧 나이젤은 코볼트들이 있는 첫 번째 구역에 도착했다.

[코볼트]
[등급] 1성 일반.
[능력치]
무력: 25. 통솔: 22.

지력: 11. 마력: 14.
[특기] 후각(F), 야수화(E).

'빌어먹을 불가능 난이도.'

코볼트의 상태 창을 본 순간 나이젤은 깨달았다.

자신의 인생 난이도가 불가능이라는 사실을.

트리플 킹덤 게임의 최고 난이도인 아포칼립스 때보다도 코볼트의 능력치가 더 높아져 있었다.

아포칼립스에서 코볼트의 무력과 통솔은 둘 다 20 이하였고, 지력과 마력도 10이 될까 말까였다.

일반 고블린보다 능력치가 조금 더 좋은 수준.

거기다 보통 1성 몬스터들은 대부분 F급 특기를 하나씩 가지는 데 반해 지금 코볼트는 야수화라는 E급 특기까지 있었다.

아무래도 에픽 미션의 불가능 난이도 덕분에 코볼트도 강해진 모양.

'카오스 고블린 놈들도 특기는 하나밖에 없었는데…….'

하지만 고블린 토벌 이벤트는 게임으로 치면 튜토리얼이었고, 지금 나이젤이 있는 장소는 히든 던전이었다.

상황이 달랐다.

'뭐, 좋아. 코볼트 따위 특기 한두 개쯤 더 있어 봐야 카오스 고블린보다 약하지.'

기본 능력치부터 차이가 심한 데다가 특기라고 해 봐야 E, F급이었다.

카오스 고블린보다 수월한 상대였다.

나이젤은 동굴 한쪽 벽에 바짝 붙은 채 돔 내부를 둘러봤다.

돔 공간 안에서 코볼트 다섯 마리가 서로를 향해 이를 드러내고 있었다.

아직 나이젤의 존재를 모르고 있는 모양.

기본적으로 녀석들은 흉폭하며 서열 경쟁도 치열했다.

그리고 조잡하긴 해도 카오스 고블린들보다 무장 상태가 좋았다.

몸의 일부를 가리는 경장 가죽 갑옷과 단검이나 장검으로 무장해 있었으니까.

"……."

나이젤은 조용히 장검을 움켜잡으며 자세를 낮췄다.

그리고 최대한 조용히 코볼트들을 향해 다가갔다.

돔 내부 벽에 걸려 있는 횃불과 바닥의 모닥불 덕분에 어둡지는 않았지만 그렇다고 밝지도 않았다.

코볼트들의 시야를 피해 다가가기에 적당한 밝기였다.

팟!

어느 정도 코볼트들에게 다가간 나이젤은 자신의 존재가 들키기 전에 지면을 박찼다.

크엉?

뒤늦게 지면을 박차는 소리를 들은 코볼트들이 반응했다.

하지만 무영신법을 발동시킨 나이젤은 눈 깜짝할 사이에 코볼트들의 바로 눈앞에 당도해 있었다.

무영검법(無影劍法).

영식(零式), 발검(拔劍)!

스아악!

그림자 같은 새까만 궤적이 코볼트 한 마리의 허리를 갈랐다.

그 기세를 멈추지 않고 그 너머에 있는 코볼트들을 향해 장검을 휘둘렀다.

스카각!

코볼트의 좌측 어깨에서 우측 허리까지 깔끔한 선이 생겨났다.

'앞으로 세 마리.'

나이젤은 장검을 앞세워서 세 번째 코볼트의 목을 향해 내질렀다.

푸욱!

코볼트의 목을 장검이 꿰뚫었다.

그 상태에서 나이젤은 장검을 옆으로 눕히듯 돌린 후 코볼트의 목을 오른쪽으로 베면서 뽑아냈다.

촤악!

케륵! 크르륵!

피가 솟구쳐 나오는 목을 부여잡으며 코볼트는 무릎을 꿇었다.

그런 코볼트에게서 몸을 돌린 나이젤은 나머지 코볼트들을 노려봤다.

크아아아아!

역시 한 번에 세 마리까지가 한계였다.

나머지 두 마리는 괴성을 지르며 각각 좌우에서 협공을 해왔다.

카가각!

좌측에서 덤비는 놈은 왼쪽 팔목에 장착한 소형 방패로 공격을 막아 냈고.

카앙!

우측에서 덤비는 놈은 장검으로 공격을 쳐 냈다.

그리고 무영투법의 움직임을 따라 몸을 한 바퀴 회전시키며 좌측에 있는 코볼트의 어깨로 오른발 뒤꿈치를 내려찍었다.

퍼억! 빠각!

캥!

좌측 코볼트는 단말마의 비명을 내지르며 그대로 바닥에 엎어졌다.

나이젤은 지체 없이 바닥에 쓰러진 코볼트의 등을 발로 밟고 뒤통수에 장검을 찔러 넣으며 마무리했다.

크아아아아앙!

그때 마지막으로 남은 코볼트가 어스름한 어둠 속에서 붉은 안광을 궤적처럼 그리며 나이젤을 향해 달려들었다.

'야수화!'

무기를 내던지고 네발을 움직이며 무서운 속도로 달려드는 코볼트.

본능에 충실한 야수처럼 나이젤을 물어 죽일 작정이었다.

팟!

나이젤의 눈앞까지 달려온 코볼트가 지면을 박차며 도약했다.

하지만 나이젤은 자신을 향해 달려드는 코볼트의 정수리를 왼 주먹으로 내려쳤다.

퍼억!

그리고 그대로 한쪽 무릎을 꿇으며 코볼트의 머리를 지면까지 내리꽂았다.

[크리티컬 히트!]

콰아아앙!
지면과 격돌한 순간 시스템 메시지가 떠올랐다.
이어서 지면에 작은 크레이터가 생기며 코볼트는 비명도 지르지 못하고 머리가 파괴되었다.
"후."
나이젤은 길게 심호흡을 하며 자리에서 일어섰다.
그의 등 뒤로 코볼트의 시체들이 늘어서 있었다.

[축하합니다! 당신은 1성 일반 몬스터 코볼트 다섯 마리를 처치하셨습니다. 보상으로 전공 포인트 500을 획득합니다.]
[축하합니다! F급 무영검법 숙련도가 50%가 되었습니다. 일식 무명 베기를 습득할 수 있습니다.]

튜토리얼에서는 카오스 고블린들을 처치했어도 전공 포인트를 획득하지 못했다.
하지만 보스 몬스터인 카오스 고블린 챔피언을 쓰러트리고 튜토리얼을 클리어한 이후에는 다양한 방법으로 전공 포인트를 얻을 수 있었다.
그중 하나가 바로 몬스터들을 잡는 것이다.

'드디어.'

나이젤은 만족스러운 미소를 지었다.

무영검법에는 초식이 존재한다.

하지만 초식을 배우려면 몇 가지 조건이 있었다.

하나는 최소 숙련도 50%를 찍어야 한다는 점이고, 다른 하나는 전공 포인트를 소모해야 한다는 점이었다.

그리고 지금 초식 구매를 할 수 있는 전공 포인트를 손에 넣은 것이다.

[무영검법 일식을 습득하려면 전공 포인트 500이 소모됩니다. 습득하시겠습니까? Yes or No?]

나이젤은 주저 없이 Yes를 클릭했다.

[축하합니다! 당신은 무영검법 일식 무명 베기를 습득하셨습니다!]

좀 전에 사용한 영식 발검은 무영검법의 가장 기본적인 초식이었다.

그리고 초식은 일종의 기술이며, 게임으로 치면 공격 스킬이기도 했다.

'이러면 스킬 슬롯을 아낄 수 있지.'

단순히 공격 스킬들만 사용한다면 세 개밖에 사용하지 못한다. 액티브 스킬 슬롯이 현재 세 개밖에 없었으니까.

하지만 각 초식들은 검법이나 투법에 속해 있는 하위 스킬 같은 개념이었다. 그래서 스킬 슬롯에 장착하지 않아도 사용할 수 있었다.

마치 공격 스킬처럼 말이다.

'문제는 전공 포인트지만.'

다른 스킬들처럼 숙련도를 일정치까지 올려야 하고, 다음 등급으로 올라가려면 전공 포인트를 지불하는 것까지는 같았다.

다만 무공 스킬은 일반 스킬들보다 전공 포인트의 소모가 극심했다.

초식을 사는 데 전공 포인트가 추가적으로 들어가는 데다가, 등급 업그레이드 비용 또한 많이 들기 때문이다.

일반 스킬 등급을 올릴 때 전공 포인트를 2배씩 지불해야 한다면, 무공 스킬은 3배씩 지불해야 하니까.

'게임에서도 무공 스킬을 올리는 데 전공 포인트가 어마어마하게 들었었지.'

나이젤은 넌더리가 난다는 표정을 지었다. 전공 포인트를 벌기 위해 상당한 노가다를 했었으니까.

지금은 그나마 시행착오를 거치지 않고 빠르게 숙련도를 올리거나 전공 포인트를 모을 수 있는 방법을 알고 있어서 다행이었다.

그리고 그중 하나가 바로 히든 던전을 공략하는 것이다.

초식을 습득한 나이젤은 장검을 꽉 움켜쥐며 던전 안쪽을 노려봤다.

크르르르.

그때 어스름한 던전 통로 안쪽에서 붉은 눈빛들이 다가오고 있는 모습이 보였다.
"이건 또 게임이랑은 다르네."
게임이었다면 다음 돔 형태 공간에서 코볼트들이 기다리고 있어야 했다.
그런데 던전 안쪽에 있어야 할 코볼트들이 하나둘 모습을 드러내고 있었다.
"몇 마리가 오든 상관없지."
나이젤은 던전 안쪽에서 등장하고 있는 코볼트들을 노려봤다. 비록 기습이라고는 하나 눈 깜짝할 사이에 코볼트 다섯 마리를 순살 시켰다.
거기다 무영검법 일식도 손에 넣은 상황.
코볼트 몇 마리 따위 정면에서 싸워도 여유롭게 이길 수 있었다.
크르릉!
컹! 컹컹!
크르르! 왈왈!
"……?"
눈앞에서 모습을 드러내고 있는 코볼트들을 바라보며 나이젤은 식은땀을 흘렸다.
"이건 뭐 완전 개판이네."
나이젤의 눈앞에 무려 스무 마리나 되는 코볼트들이 나타난 것이다.
코볼트들은 흉흉하게 빛나는 붉은 눈으로 나이젤을 노려봤다.

그뿐만이 아니라 나이젤이 쓰러트린 코볼트들의 피 냄새에 흥분해 있었다.

사실상 동족의 피 냄새에 이끌려 온 것이다.

'이러면 좋지 않은데.'

수가 너무 많았다.

돔 형태 공간에서 등장하는 코볼트들의 숫자는 대여섯 마리가 고작이었다.

하지만 지금은 무려 3배가 넘었다.

그뿐만이 아니다.

워우—!

[코볼트 워리어]

[등급] 1성 일반.

[능력치]

무력: 35, 통솔: 28.

지력: 15, 마력: 18.

[특기] 크러쉬(E), 워 크라이(E).

"코볼트 워리어라고?"

히든 던전의 중간 보스급인 코볼트 워리어까지 기어이 나타나고 말았다.

게임대로라면 보스 룸 전에 코볼트 세 마리와 함께 등장해야 했다.

그런데 벌써 나타날 줄이야!

'제길.'

나이젤은 눈살을 찌푸렸다.

스무 마리나 되는 코볼트들과 중간 보스인 코볼트 워리어를 상대로 정면에서 싸우기에는 무리가 있었다.

예상치 못한 돌발 상황.

"어쩔 수 없지."

나이젤은 허리에 차고 있는 벨트 주머니에서 약병을 하나 꺼내 들었다. 그리고 코볼트들을 바라보며 악동 같은 미소를 지었다.

"이걸 쓸 수밖에."

나이젤은 바닥에 약병을 냅다 던졌다.

챙그랑!

약병이 깨지면서 안에 들어 있던 시큼한 향이 확 터져 나왔다.

깨갱!

냄새를 맡은 코볼트들이 기겁하며 뒤로 펄쩍 뛰어올랐다.

라크샤샤의 약초와는 다르게 코볼트의 코를 마비시킬 정도로 역한 냄새가 풍겼기 때문이다.

개들이 싫어하는 레몬과 식초를 조합해서 만든 톡 쏘는 시큼한 냄새였다.

'독하긴 독하네.'

나이젤조차 자기도 모르게 얼굴이 찌푸려질 정도.

하지만 그보다 후각이 몇 배나 더 뛰어난 코볼트들은 정신을 차리지 못하고 미친 듯이 땅바닥을 뒹굴고 있었다.

혹시나 싶어 대충 레몬과 식초를 주원료로 이것저것 섞어 만들었는데 대박이 난 것이다.

푹! 푹! 푹!

강렬한 향기에 정신을 차리지 못하고 바닥을 뒹굴고 있는 코볼트들의 머리에 나이젤은 차례차례 장검을 꽂아 넣어 주었다.

[1성 일반 몬스터 코볼트를 처치하셨습니다. 보상으로 100전공 포인트를 획득합니다.]

순식간에 나이젤은 코볼트 서너 마리를 처리했다.

'생각보다 쓸 만한데?'

아직 약병은 몇 개 더 남아 있었다.

이대로만 간다면 이곳에 있는 코볼트들을 처리하는 건 시간문제였다.

하지만…….

크워어어어!

[코볼트 워리어가 워 크라이를 시전합니다.]

돔 형태의 공간을 쩌렁쩌렁하게 울리는 우렁찬 포효.

코볼트 워리어가 워 크라이를 시전하자 향이 사방으로 흩어졌다.

그와 함께 코볼트들의 사기도 고조되었다.

"재밌네."

워 크라이로 향을 날려 버릴 줄이야.

나이젤은 장검을 양손으로 잡으며 무영검법의 기본자세인 중단세를 취했다.

그와 함께 무영심법의 구결대로 호흡을 길게 내쉬었다.

자신의 주위를 포위하는 코볼트들의 움직임이 느릿느릿하게 느껴졌다.

크아앙!

이윽고 코볼트들이 나이젤을 향해 달려들며 조잡한 장검을 들이밀었다.

깡! 카각!

나이젤은 제자리에서 손목 스냅만을 이용해 장검을 빠르게 내려치며 코볼트들의 공격을 쳐 냈다.

그뿐만이 아니라 뭣도 모르고 나이젤의 간격 안으로 발을 들이밀었던 코볼트 몇 마리의 머리가 순식간에 허공을 날았다.

컹! 컹! 컹!

그때 코볼트 워리어가 개처럼 짖기 시작했다. 그러자 나이젤을 에워싸고 있던 코볼트들이 뒤로 물러났다.

이제 남은 코볼트 무리들의 숫자는 열 마리 남짓.

코볼트 워리어는 위기감을 느꼈다.

"이번엔 네놈 차례냐?"

나이젤은 자신을 향해 다가오는 코볼트 워리어를 바라봤다.

일반 코볼트보다 덩치가 2배 가까이 더 컸고, 어깨에는 약 1.5미터 정도 되는 해머를 짊어지고 있었다.

크아아아앙!

괴성을 길게 내지른 코볼트 워리어는 해머를 치켜들며 나이젤을 향해 달려들었다.

쿵쿵쿵!

지면을 울리며 달려오는 코볼트 워리어의 해머에서 검붉은 빛이 흘러나왔다.

코볼트 워리어의 특기인 크러쉬였다.

분명 한 방 대미지만큼은 어마어마하겠지.

하지만 나이젤은 알고 있었다.

'역시 빈틈투성이야.'

게임에서도 크러쉬는 위력은 크지만 명중률이 낮은 스킬이었다.

실제로 보니 공격 동작이 큰 데다 속도도 느렸다.

크아앙!

"과연. 이렇게 나온다 이거지?"

역시 공략 불가능 난이도.

게임과 다르게 일반 코볼트들이 나이젤의 양옆을 협공해 왔다.

정면에서는 코볼트 워리어.

좌우에는 각각 코볼트가 두 마리씩.

나이젤은 호흡을 길게 내쉬며 납검했다.

하지만 그것도 잠시.

무영검법(無影劍法).

영식(零式) 개(改).

발검(拔劍) 무명 베기(無明斬)!

슈아아악!

순간 어두운 궤적이 공간을 갈랐다.

캥! 커헝!

나이젤의 좌우에서 코볼트들의 짤막한 비명 소리가 울려 퍼지며 머리가 허공을 날았다.

나이젤의 장검이 좌에서 우로 어두운 궤적을 그리며 코볼트들의 목을 긋고 지나갔기 때문이다.

그리고 무명 베기는 발검으로 전개가 가능하며 공격력과 범위를 더 늘릴 수 있었다.

다만 발동 시간과 경직 시간이 길어지기 때문에 함부로 쓸 수 없었다.

크워어어어어!

나이젤이 코볼트 네 마리를 벤 직후, 코볼트 워리어의 해머가 검붉은 빛을 흘리며 머리 위에서 쇄도해 왔다.

코볼트들이 몸을 던져 코볼트 워리어가 공격할 틈을 만들어 준 것이다.

내려찍는 해머 너머로 나이젤을 비웃는 코볼트 워리어의 얼굴이 보였다.

승리를 확신하는 표정.

분명 나이젤의 머리를 박살 낼 수 있을 거라 생각하고 있을 터.

실제로 지금 나이젤은 발검 무명 베기를 쓴 직후였기에 몸이 경직되어 움직일 수 없었다.

다만 검을 휘두르지 않은 왼팔을 치켜들 정도는 되었다.

"임팩트."

콰아아아앙!

왼쪽 팔목에 장착한 소형 방패와 코볼트 워리어의 해머가 충돌하는 순간 어마어마한 충격파가 터져 나왔다.

크허헝?

코볼트 워리어는 두 눈을 부릅떴다.

불과 조금 전까지만 해도 자신의 해머로 눈앞에 있는 동족 학살자의 머리를 으스러트릴 수 있을 거라 여겼다.

실제로 크러쉬까지 사용하며 해머를 전력으로 내려쳤다.

그런데 지금 상황은 어떤가?

강력한 반탄력에 밀려 코볼트 워리어가 자랑하던 해머는 머리 위로 튕겨 날아갔고, 손아귀까지 찢겼다.

그뿐만이 아니라 양팔이 들어 올려져 가슴팍이 훤히 드러난 상황.

"꺼져, 개새끼야."

슈아악!

눈 깜짝할 사이에 코볼트 워리어의 품 안에 달려든 나이젤이 장검을 휘둘렀다.

크아아아아!

가슴을 깊숙이 베인 코볼트 워리어는 비명 같은 괴성을 내지르며 뒤로 물러났다.

하지만 지금 같은 기회를 놓칠 나이젤이 아니었다.

코볼트 워리어의 목젖을 노리고 나이젤의 장검이 찔러 들어갔다.

푸욱!

크륵. 크르륵.

코볼트 워리어는 피가 흐르는 목을 손으로 막으려 했지만 이미 양팔은 부러진 상태였다.

털썩.

결국 코볼트 워리어는 목에서 분수처럼 피를 내뿜으며 무릎을 꿇었다.

[축하합니다! 1성 일반 몬스터 코볼트 워리어를 처치하셨습니다. 보상으로 500전공 포인트를 획득합니다.]

역시 일반 코볼트보다 강하고 중간 보스급인 만큼 보상도 컸다.

전공 포인트가 5배였으니까.

"하아, 하아."

나이젤은 가쁜 숨을 내쉬었다.

심장이 미친 듯이 뛰고 이상하게 몸이 가벼웠다.

코볼트 워리어를 쓰러트린 나이젤은 주변을 둘러봤다.

끼잉! 낑낑!

서슬 퍼런 나이젤의 시선이 닿자 여섯 마리 남은 코볼트들은 움찔거리며 슬금슬금 몸을 뒤로 빼더니 이내 던전 안쪽으로 줄행랑을 치기 시작했다.

"어딜 도망가?"

감히 나한테서?

나이젤은 지면을 박찼다.

쾅!

작은 크레이터를 남기며 나이젤은 쏜살같이 코볼트들의 뒤를 쫓았다.

캥! 깨갱!

무서운 속도로 쫓아오는 나이젤의 모습을 본 코볼트들은 기겁하며 귀를 뒤로 젖히고 꼬리를 안으로 말았다.

하지만 이미 늦었다.

잠시 후, 던전 동굴에서 구슬픈 코볼트들의 비명 소리가 메아리쳤다.

* * *

"여긴가?"

나이젤은 고개를 들었다.

나이젤의 눈앞에 거대한 문이 있었다. 히든 던전, 나이트 케이브의 보스 룸 앞이었다.

'왼팔도 이제 괜찮아졌고.'

나이젤은 왼손을 쥐었다 폈다.

코볼트 워리어를 잡기 위해 임팩트를 사용했다.

출력은 약 15% 정도.

카오스 고블린 챔피언에게 막타를 가했을 때와 비슷한 출력이었다.

하지만 그때보다 몸에 가해진 부담은 적었다.

방패와 건틀렛이 충격을 어느 정도 막아 준 데다가, 육체 강화 스킬을 쓰고 임팩트를 시전했으니까.

그럼에도 나이젤은 왼팔을 움직이기 힘들 정도로 통증을 느꼈다.

다행히 지금은 많이 나아졌지만.

끼이익.

나이젤은 조심스레 보스 룸의 거대한 나무 문을 밀었다.

"……?"

열린 나무 문 틈 사이로 내부를 본 나이젤은 의아한 표정을 지었다.

'뭐지? 왜 아무도 없지?'

보스 룸 또한 돔 형태의 거대한 공간이었다.

본래라면 중심에 히든 던전 보스인 코볼트 커맨더가 있어야 했다.

하지만 보스 룸 안에는 아무것도 없었다.

'혹시 숨어 있나?'

나이젤은 입구에서 보스 룸을 둘러봤다. 하지만 인기척 하나 느껴지지 않았다.

"아니, 보스 룸에 왜 보스가 없어?"

보스 룸 안으로 걸어 들어가며 나이젤은 어처구니가 없다는 표정을 지었다.

보스 룸에 보스가 없다니!

"역시 게임대로는 아니라는 건가? 설마 보스가 밖으로 나간 건 아니겠지?"

불현듯 떠오른 생각에 나이젤은 식은땀을 흘렸다.

하지만 충분히 그럴 가능성이 있었다. 이 세계는 게임이 아니라 현실이었으니까.

던전 안에서 코볼트들이 흙을 파 먹고 사는 게 아니라면 사냥을 하러 밖으로 나갈 수도 있지 않은가?

쿵쿵쿵!

"……!"

그때 보스 룸 밖에서 거대한 무언가가 달려오는 소리가 들려왔다.

콰아아앙!

이윽고 보스 룸의 나무 문이 굉음과 함께 폭발하듯이 터져 나갔다.

치솟아 오르는 흙먼지 너머로 섬뜩하게 빛나는 붉은 눈빛이 보였다.

크아아아아아아!

[코볼트 커맨더, 가르펜.]

[등급] 2성 네임드 보스.

[타입] 밸런스.

[능력치]

무력: 55, 통솔: 55.

지력: 40, 마력: 30.

[특기] 무리 지휘(D), 버서커(E).

'아니, 무슨 2성 네임드라고?'

코볼트 커맨더의 상태 창 요약 항목들을 확인한 나이젤은 눈살을 찌푸렸다.

붉은 눈빛의 주인은 역시나 히든 던전의 보스 코볼트 커맨더였다.

그런데 문제가 있었다.

나이젤이 있는 히든 던전은 1성 등급 나이트 케이브.

본래라면 1성 보스 몬스터여야 할 코볼트 커맨더가 어째서인지 2성 네임드 보스가 되어 나타났다.

'불가능 난이도 때문인가?'

나이젤은 이를 악물었다.

쉽지 않을 거라 생각했지만 이런 식으로 통수를 쳐올 줄이야.

그나마 다행인 점은 2성 등급임에도 무력이 약하다는 사실이었다.

대신 통솔과 지력이 높은 편.

이름에 커맨더가 붙어 있는 만큼 개인 전투력보다 부하들을 통솔하는 데 특화되어 있는 보스였으니까.

하지만 코볼트 커맨더가 통솔해야 할 부하들은 나이젤이 전멸시킨 상황.

남은 건 코볼트 커맨더와 함께 나타난 몇 마리 되지 않는 일반 코볼트뿐이었다.

"네놈이냐! 감히 내 귀여운 아이들을 죽인 놈이!!!"

"……!"

순간 나이젤은 흠칫 놀랐다.

난데없이 코볼트 커맨더가 대륙 공용어로 말을 했기 때문이다.

그뿐만이 아니라 코볼트 커맨더, 가르펜의 목소리에서 절절한 분노와 슬픔이 느껴졌다.

'역시 게임과 달라.'

나이젤은 다시 한번 이 세계가 현실이라는 사실을 느꼈다.

"그래서 뭐? 어쩌라고 개새끼야."

"이, 이……!"

나이젤의 도발에 가르펜은 분노로 몸을 부들부들 떨었다.

오랜만에 자신의 귀여운 아이들에게 맛있는 먹이를 구하기 위해 사냥을 갔다 왔다.

비록 부하 몇몇이 희생되긴 했지만 코볼트들에게 있어 진미라고 할 수 있는 귀한 먹잇감들을 사냥해 올 수 있었다.

그 덕분에 가르펜은 자신을 기다리고 있을 귀여운 아이들을 떠올리며 즐거운 마음으로 돌아왔다.

그런데 가르펜을 기다리고 있던 건 가슴이 찢겨질 것 같은 처참한 광경이었다.

자신의 귀엽고 사랑스러운 아이들이 전부 죽어 있었던 것이다.

"찢어 죽여 주마!"

크아아아아!

분노로 이성을 잃은 가르펜이 길게 포효하며 나이젤을 향해 달려들었다.

그에 반해 나이젤은 싸늘한 눈으로 가르펜을 노려봤다.

가르펜이 사냥해 온 먹잇감으로 보이는 전리품들이 허리에 매달려 있었다.

다름 아닌 인간의 머리들이.

대부분 어린아이들의 얼굴이었다.

“넌 좀 맞아야겠다.”

나이젤은 얼굴을 일그러트리며 주먹을 꽉 움켜쥐었다.

Chapter 5

무영투법(無影鬪法).

일식(一式), 파쇄붕권(破碎崩拳)!

진각을 밟으며 앞으로 튀어나간 나이젤은 오른 주먹을 길게 내질렀다.

분노로 이성을 잃고 달려드는 가르펜은 허점투성이였다. 그 틈을 노리고 파쇄붕권이 쇄도했다.

퍼어억!

파쇄붕권이 가르펜의 배에 꽂혀 들어가자 어마어마한 기세로 달려들던 카르펜의 몸이 'ㄷ' 자로 꺾였다.

[카운터 크리티컬 히트!]

때마침 발동하는 업적 칭호 효과!

크허어어엉!

가르펜은 눈을 부릅뜨며 피를 한 사발 토했다.

투두둑!

그사이 나이젤은 재빨리 왼손으로 아이들의 머리가 달려 있는 가르펜의 벨트를 잡아 뜯었다. 그리고 가르펜의 배에 손바닥을 가져다 댔다.

"임팩트."

콰아앙!

순간 어마어마한 충격파가 가르펜의 배에서 터져 나왔다.

가르펜은 비명도 지르지 못하고 동굴 벽을 향해 내동댕이쳐지듯 허공을 날았다.

"후."

가르펜에게 임팩트를 날린 나이젤은 무영투법의 기본자세로 돌아오며 길게 호흡을 내쉬었다.

파쇄붕권은 무명 베기에 이어 나이젤이 구매한 무영투법의 초식이었다.

보스 룸에 도착하기 전, 코볼트들을 때려잡다 보니 자연스럽게 전공 포인트와 무영투법의 숙련도가 올라 구매한 것이다.

팟!

회수한 아이들의 머리를 내려놓은 나이젤은 무영신법을 펼치며 빠른 속도로 가르펜을 향해 질주했다.

파쇄붕권에 이어 임팩트로 후려갈기긴 했지만, 그 정도로 가르펜이 쓰러질 거라 생각하지 않았으니까.

크아아아아!

역시나 무너진 잔해 더미를 박차며 가르펜이 자리에서 벌떡 일어섰다. 그리고 길게 포효하며 살기를 끌어올렸다.

하지만.

빡!

자리에서 일어난 가르펜의 얼굴에 기다렸다는 듯이 나이젤의 발길질이 날아들었다.

미처 반응도 하기 전에 얼굴을 후려쳐 맞은 가르펜의 고개가 옆으로 돌아가며 입에서 피가 뿜어져 나왔다.

"감히 아이들을 건드려?"

고개가 옆으로 돌아간 가르펜 앞에서 나이젤은 주먹을 꽉 움켜쥐었다.

가르펜은 노팅힐 영지민들에게 손을 댔다.

그것도 아직 어린아이들을.

퍼억!

고개가 다시 돌아오기도 전에 나이젤의 건틀렛이 가르펜의 명치에 꽂혀 들어갔다. 이어 빠르게 턱을 올려치고 얼굴을 후려쳤다.

나이젤의 빠른 연격에 가르펜은 허우적거리며 정신을 차리지 못했다.

턱!

하지만 가르펜의 맷집만큼은 보스 몬스터답게 터프했다. 얻어맞는 와중에도 가르펜은 왼손으로 나이젤의 오른팔을 우악스럽게 붙잡았으니까.

크크큭!

치켜 올라간 고개를 천천히 내리며 가르펜은 기분 나쁜 웃음을 흘렸다.

번쩍!

그와 동시에 가르펜의 눈에서 섬뜩한 붉은빛이 터져 나왔다.

생명력이 일정 이하가 되자 E급 특기 버서커가 발동한 것이다.

철컥!

순간 가르펜의 등 뒤에서 대형 도끼가 모습을 드러내더니 번개처럼 내려쳐졌다.

콰앙!

나이젤의 왼발에서 불과 얼마 떨어지지 않은 지면에 대형 도끼가 내리박혔다. 그러자 지면이 조금 움푹 파이면서 거미줄 같은 금이 생겨났다.

원래는 왼쪽 어깨를 노리고 날아들었지만 나이젤이 몸을 돌려 피해 낸 것이다.

스카가각!

그때 검은 궤적이 가르펜의 왼팔을 스쳐 지나갔다.

크아아아아아!

가르펜은 괴성 같은 비명을 지르며 뒤로 주춤주춤 물러났다.

나이젤이 왼쪽 허리에 차고 있던 장검을 왼손에 역수로 쥐고 가르펜의 왼팔을 올려 벤 것이다.

그 후 나이젤은 재빨리 장검을 고쳐 잡으며 중단세를 취했다.

그 상태로 가르펜을 향해 빠르게 앞으로 치고 나갔다.

나이젤의 장검 끝이 가르펜의 목을 향해 신속하게 내질러졌다.

까앙!

하지만 가르펜도 쉽게 목을 내주진 않았다. 대형 도끼의 옆면으로 나이젤의 공격을 막아 냈으니까.

크워어어어!

순간 가르펜은 괴성을 지르며 대형 도끼를 앞으로 밀치듯이 크게 휘둘렀다. 눈앞에서 공격하고 있는 나이젤을 밀어내기 위함이었다.

하지만 가르펜은 나이젤을 밀쳐 내지 못했다.

무영신법(無影迅法).

보법(步法), 유운보(流雲步)!

나이젤이 무영신법에 포함되어 있는 보법들 중 하나인 유운보를 시전했으니까.

유운보 또한 무영투법 일식 파쇄붕권과 함께 전공 포인트로 구매한 기술이었다.

나이젤은 물 흐르듯이 잡을 수 없는 구름처럼 부드럽게 움직이며 가르펜의 대형 도끼를 피해 냈다.

그리고 가르펜의 옆을 빠르게 스쳐 지나가며 검을 휘둘렀다.

무영검법(無影劍法).

일식(一式), 무명 베기(無明斬)!

스아아악!

검은 궤적이 가르펜의 옆구리를 가르고 지나갔다.

눈 깜짝할 사이에 가르펜의 뒤편에 선 나이젤은 조용히 납검했다.

푸슈슉!

그 직후 가르펜의 옆구리에서 피 보라가 솟구쳐 올랐다.

크허엉.

결국 가르펜은 신음 소리를 흘리며 무릎을 꿇었다.

옆구리에 난 상처 때문에 가르펜의 얼굴은 일그러져 있었다.

그리고 고개를 뒤로 돌리려 했다.

하지만 그땐 이미 가르펜의 등을 향해 나이젤이 빠르게 달려들고 있었다.

검으로 베기 딱 좋은 위치에 가르펜의 목이 내려와 있었으니까.

무영검법(無影劍法).

영식(零式), 발검(拔劍)!

슈아아악!

다시 한번 나이젤의 장검이 검은 궤적을 허공에 남기며 뻗어나갔다.

날카로운 파공성과 함께 가르펜의 목을 노리고.

* * *

[축하합니다! 당신은 2성 네임드 보스 코볼트 커맨더 가르펜을 처치하셨습니다. 보상으로 2,500전공 포인트를 획득합니다.]

[1성 히든 던전 나이트 케이브를 공략하셨습니다! 보상으로 1,500전공 포인트를 획득합니다.]

나이젤의 눈앞에 시스템 메시지가 떠올랐다.

"하아, 하아."

나이젤은 가쁜 숨을 내쉬었다.

가르펜의 등 뒤에서 목을 노리고 공격한 이후에도 전투는 끝나지 않았다.

그래도 명색이 2성 네임드 보스인지 공격력은 높진 않았지만 맷집만큼은 정말 터프했기 때문이다.

'무영류 스킬들이 없었으면 힘들 뻔했어.'

고블린 토벌전에서 전공 포인트를 2배로 번 덕분에 나이젤은 무영류 스킬들을 구할 수 있었다.

만약 일반 스킬들로만 구성했었다면 고전을 면치 못했을 터.

그만큼 버서커 상태인 가르펜은 상대하기 어려웠다.

하지만 무영류 스킬들을 적절히 활용하며 나이젤은 가르펜의 버서커가 끝날 때까지 최대한 버텼다.

버서커의 지속 시간이 끝나면 신체 능력이 하락하는 페널티가 있었으니까.

결국 버서커의 지속 시간이 끝날 때까지 나이젤을 처리하지 못한 가르펜의 패배였다.

"그래도 보상이 좋아서 다행이네."

보통 2성 보스면 2,000, 일반 던전이면 1,000의 전공 포인트를 받는다.

하나, 나이젤은 네임드 보스와 히든 던전을 공략한 덕분에 각각 500 전공 포인트를 추가적으로 더 받았다.

물론 전공 포인트를 버는 것만이 나이젤의 목적은 아니었다.

S급 전투 스킬 임팩트의 부담을 덜어 주기 위한 보상을 얻기

위해 히든 던전 나이트 케이브에 왔으니까.

나이젤은 보스 룸 뒤편에 있는 제단을 향해 다가갔다.

그곳에 타원형의 검은 알 같은 물체가 놓여 있었다.

[그림자 차원의 알]

타입: 알.

등급: 1성.

열전: 코볼트들이 신성시하는 보물.

그림자 차원에서 살고 있는 생명체의 알이다. 마스터가 정해지면 부화할 수 있으며, 부화된 그림자 생명체는 성장이 가능하다.

"좋아, 그대로군."

나이젤은 만족스러운 미소를 지었다.

현실에서 게임했을 때와 똑같은 정보 창이 떠올랐기 때문이다.

정보를 확인한 나이젤은 검은 알을 향해 손바닥을 가져다 댔다.

우우우우웅!

그러자 검은 알이 진동을 하며 떨리는 게 아닌가?

그와 함께 나이젤의 눈앞에 시스템 메시지가 떠올랐다.

[그림자 차원의 알이 당신에게 반응합니다. 그림자 차원 알의 마스터로 등록하시겠습니까? Yes Or No?]

나이젤은 Yes를 클릭했다.

번쩍!

쩌저저적!

순간 검은 알에 금이 가면서 하얀 빛이 터져 나왔다.

갑작스러운 섬광에 나이젤은 손으로 눈을 가렸다.

하지만 그것도 잠시.

하얀 빛은 이내 잠잠해졌다.

그리고…….

뀨!

제단 위에 그림자 차원의 알 대신에 검은 무언가가 귀여운 울음소리를 내며 순진무구한 표정으로 나이젤을 바라보고 있었다.

[나이트 하운드]

이름: 미정.

타입: 소환수 펫.

등급: 1성(성장형).

열전: 그림자 차원에서 사는 생명체.

그림자 생명체이기 때문에 딱히 정해진 형태는 없으나 보통 강아지와 비슷한 모습으로 많이 나타난다.

현재 당신을 부모로 인식 중이다.

"성공했구나."

소환수의 정보를 확인한 나이젤은 안도했다. 자신이 원하는 소환수가 별 탈 없이 무사히 태어났기 때문이다.

전체적인 모습은 작은 강아지처럼 생겼다. 다만, 울음소리는 개와 달랐고 귀여운 귀와 꼬리도 사막 여우를 닮아 있었다.

뀨뀨!

그때 검은 펫이 나이젤에게 다가와 발밑에서 머리를 부볐다.

[이름을 정해주십시오.]

'이름이라.'

나이젤은 검은 펫을 내려다봤다.

검은 펫은 발밑에서 나이젤을 올려다보며 사막 여우처럼 큰 귀를 귀엽게 파닥거렸다.

헥헥헥.

그리고 온몸을 나이젤의 다리에 비비적거렸다.

전체적인 생김새도 그렇고, 하는 짓도 그렇고 영락없는 댕댕이였다.

"좋아, 넌 이제 까망이다."

게임을 플레이할 때도 그림자 생명체는 검었기 때문에 까망이라는 이름을 지어 주었다.

[그림자 생명체의 이름이 까망이로 정해졌습니다. 까망이가 자신의 이름을 마음에 들어 합니다.]

뀨웅! 뀨우웅!

이름을 부여받은 까망이는 나이젤 앞에서 귀여운 소리를 내며 폴짝폴짝 뛰었다.

그러더니 이내 나이젤을 발밑에 몸을 찰싹 붙이더니 똘망똘망한 푸른 눈을 들어 올려다봤다.

파닥파닥. 살랑살랑.

귀와 꼬리를 열렬히 흔들면서.

'쓰다듬어 달라는 건가?'

나이젤은 손을 뻗어 까망이의 머리를 쓰다듬어 주었다.

'음?'

나이젤은 살짝 놀란 표정을 지었다.

지금 까망이는 실체화되어 있었다.

그 때문인지 진짜 강아지처럼 털의 감촉이 느껴졌다.

마치 고급 모피 같은 느낌.

뀨우우우웅.

그리고 까망이 또한 노곤노곤하게 풀린 표정으로 나이젤의 손에 몸을 맡겼다.

[당신의 소환수 까망이가 행복해합니다.]

[당신의 소환수 까망이에게 행복도와 호감도가 생겼습니다. 현재 까망이의 행복도와 호감도는 50입니다.]

눈앞에 떠오른 시스템 알람을 확인한 나이젤은 살짝 놀란 얼굴로 까망이를 내려다봤다.

설마 호감도뿐만이 아니라 행복도까지 생길 줄이야.

'일단 필요한 건 다 손에 넣었군.'

나이젤은 까망이를 바라보며 흐뭇한 미소를 지었다. 나이트 하운드 까망이는 단순히 귀엽기만 한 게 아니다.

여러모로 유용한 능력을 가지고 있으며, 그중 몇몇 스킬들은 나이젤의 S급 전투 스킬 임팩트의 부담을 줄여 줄 수 있었다.

"그럼."

나이젤은 까망이를 품속에 소중히 안았다.

끼웅.

까망이도 나이젤의 손길을 거부하지 않고 온몸을 내맡기며 안겼다.

그런 까망이의 머리를 쓰다듬어 주며 나이젤은 생각에 잠겼다.

'아직 시간은 충분해.'

저스틴이 오기 전까지.

그리고 병사들의 추모식과 포상식이 시작하기 전까지.

시간은 많이 남아 있었다.

'그럼 좀 더 움직여 볼까?'

실전은 효율적인 훈련이었으니까.

* * *

다음 날.

노팅힐 영지의 고블린 토벌전 포상 식전에서 나이젤의 모습은 보이지 않았다.

대신, 그날 오후 망나니 공자라고 불리는 월버 남작가의 장남 저스틴이 노팅힐 영주성에 도착했다.

나이젤이 노팅힐 영지를 떠난 다음 날 오후.

영주성 내부의 분위기는 더없이 어두웠다.

어제 하루 외박을 달라고 했던 나이젤이 영주성으로 돌아오지 않았기 때문이다.

빠르면 어젯밤 늦게, 혹은 늦어도 포상식 전에는 오겠다고 약속했건만 결국 저녁 시간이 다 되어 가도록 나이젤은 나타나지 않았다.

"역시 떠나 버린 건가."

다리안 영주의 집무실에서 가리안 백부장이 평소와 다르게 힘이 없는 목소리로 중얼거렸다.

"그럴 가능성이 높겠지요."

가리안의 말에 답하는 해리도 씁쓸한 기분이었다.

추모식 시간인 오전까지만 해도 나이젤에게 무슨 일이 생긴 게 아닐까 걱정했었다.

하지만 영지를 지키다 사망한 병사들의 가족들이 참석한 가운데 추모식이 끝나고, 오후가 되어도 나이젤은 보이지 않았다.

그리고 저녁이 다 된 현재.

그들은 나이젤이 떠났다고 생각했다.

"아깝군. 좀 더 영지에 있어 주었으면 좋았을 텐데."

"어쩔 수 없는 일이죠. 고블린 토벌전에서 그만한 역량을 보였습니다. 우리 영지보다 더 큰 영지로 가는 게 낫다고 판단한 거겠죠. 이럴 줄 알았으면 미리 귀띔이라도 주는 건데……."

해리는 아쉬운 표정을 지었다.

고블린 토벌전에서 나이젤은 큰 전공을 세웠다. 그래서 포상을 크게 내릴 계획이었는데 떠나 버린 것이다.

확실히 나이젤 입장에서는 노팅힐보다 더 큰 영지에 가서 꿈을 펼치는 게 더 나을 터.

"나는 그를 믿네."

하지만 다리안 영주는 끝까지 나이젤을 믿었다.

반드시 돌아올 거라고.

다리안 영주는 카오스 고블린 챔피언을 막아서던 나이젤을 떠올렸다.

자신에게 맡겨 달라며 걱정하지 말라고 했던 나이젤.

그때 나이젤이 보인 눈빛을 다리안 영주는 잊을 수 없었다.

그런 그가 휴가를 나간다고 하면서 그대로 떠났을 거라고는 생각하지 않았다.

"하지만 형님, 벌써 돌아오기로 한 지 하루가 다 되어 갑니다. 그리고 그의 실력이라면 노략질을 당할 리도 없겠지요."

"그런데도 돌아오지 않은 건, 역시 떠났다고밖에 생각할 수 없겠군요. 그리고 그러는 편이……."

그에게 더 낫겠죠.

해리는 차마 마지막 말을 하지 못하고 속으로 삼켰다.

"……."

다리안 영주는 시무룩해졌다.

나이젤이 노팅힐 영지에 있는 것보다 다른 곳으로 가는 게 더 낫다는 건 알고 있었다.

그리고 이미 한 번 영지를 나가려고 했던 적도 있지 않은가?
하지만 그럼에도 다리안 영주는 믿고 싶었다. 나이젤이 돌아올 것이라고.
쾅쾅쾅!
그때 누군가가 다리안 영주의 집무실 문을 거칠게 두들기더니 벌컥 열고 들어왔다.
"무슨 일이냐?"
"급보입니다!"
병사는 다급한 표정으로 소리쳤다.
"혹시 나이젤 십부장이 돌아왔느냐?"
다리안 영주는 만면에 미소를 지으며 물었다.
하지만 병사는 고개를 가로저었다.
"저스틴 월버 공자님이 오셨습니다!"
순식간에 모두의 표정이 죽은 생선처럼 썩어 들어갔다.
기다리던 나이젤은 안 오고 월버 영지의 망나니 공자, 저스틴이 왔으니까.

*　　　*　　　*

노팅힐 영주성의 응접실.
추모식에 참석할 생각이라고는 눈곱만치도 없는 저스틴은 일부러 이른 저녁 시간에 왔다.
"역시 별 볼 일 없군."
"그러게 말입니다."

백 마리나 되는 고블린 부대를 토벌했다는 소식에 친선을 빌미로 노팅힐 영지를 염탐하러 왔다.

그는 월버 영지에서 데리고 온 호위 병사들과 함께 영주성 안을 들어오면서 노팅힐 영지군들을 볼 수 있었다.

하지만 역시 소문은 소문일 뿐.

나름 각을 잡고 경비를 서고 있었지만, 허름한 무기와 방어구 때문에 어딘가 어설퍼 보였다.

다만 저스틴의 호위 기사인 월터는 위화감을 느꼈다.

'눈빛이 살아 있어.'

비록 모습은 어설퍼도 노팅힐 영지군 병사들의 눈빛은 살아 있었다.

분명 고블린 토벌이라는 실전을 겪었기 때문이겠지.

하지만 그뿐인 이야기였다.

노팅힐 영지군과 월버 영지군 사이에는 격차가 존재한다.

당장 눈앞에 있는 월터만 해도 월버 영지에서 영입한 자유 기사로 상당한 무력의 소유자였다.

월터 외에도 월버 영지에는 기사 작위를 가진 무관이 4명이나 더 있으며, 잘 훈련받은 병사가 백 명은 넘게 있었다.

그에 반해 노팅힐 영지는 어떤가?

제대로 된 무관은, 노팅힐 영지에서 유일한 기사인 백부장 가리안 한 명뿐이었으며, 영지군은 대부분 농민들로 이루어진 병사 백 명 정도밖에 없었다.

그나마도 지금은 절반도 안 되는 상황.

그럼에도 노팅힐 남작가와 월버 남작가가 동맹을 맺고 있는 이유는 같은 슈테른 제국의 귀족이었기 때문이다.

귀족들 사이에 아무런 명분 없이 전쟁을 해서는 안 된다는 불문율이 있으며, 이를 지키지 않으면 크든 작든 페널티를 받으니까.

또한, 트리플 킹덤 게임의 배경 세계관은 삼국지 게임으로 치면 영웅 집결 시나리오에 가깝다.

그렇기에 모든 군주들은 하나씩 영지를 가지고 있으며, 엄백호에 해당하는 다리안 영주도 영지를 가지고 있었다.

그리고 노팅힐 영지 주변에는 두 개의 진영이 존재한다.

삼국지로 치면 동오의 3군주인 엄백호, 왕랑, 유요에 해당하는 노팅힐, 월버, 우드빌 남작가 진영들.

이들 세 진영은 서로 불가침조약을 맺고 견제 중이었다.

"우드빌 놈들을 상대하려면 노팅힐 영지의 힘이 필요하다."

월버 영지와 노팅힐 영지는 서로 가깝지만 우드빌 영지는 멀었다.

특히 노팅힐 영지에서 우드빌 영지로 가려면 월버 영지를 경유해야 했다.

이런 지리적인 상황 때문에 월버 영지는 우드빌 영지와 격렬한 신경전을 벌이고 있었다.

문제는 우드빌 영지의 세력이 월버 영지보다 좀 더 크기에 노팅힐 영지의 힘이 필요하다는 사실이었다.

"하지만 필요 이상으로 강해지는 건 좋지 않지."

"알고 있습니다. 그래서 제가 함께 온 게 아닙니까?"

월터는 자신만만한 미소를 지었다.

만약 노팅힐 영지가 뒤통수를 치거나, 혹은 자신들이 제어하지 못할 정도로 힘을 키운다면 월버 영지로서는 결코 좋지 않았다.

그러니 쐐기를 박아 두어야 했다.

다리안 영주가 딴마음을 품지 못하도록.

'밟아 놓을 필요가 있지.'

그러기 위해 월터를 데리고 왔다.

노팅힐 영지에서 그를 상대할 만한 실력자는 없을 테니까.

설령 백부장 가리안이라고 해도.

덜컹!

그때 응접실 문이 열리며 다리안 영주 일행이 들어왔다.

"기다리게 해서 미안하네."

응접실에 들어온 다리안 영주는 사람 좋은 미소를 지으며 말했다.

"아닙니다."

저스틴은 웃어 보였다.

월버 영지에서였다면 자신을 기다리게 했다는 이유만으로도 한바탕 난리를 피웠을 것이다.

하지만 잘못을 해도 자신들이 아니라 다리안 영주 쪽이 하게 해야 한다.

그래야 이용하기 쉬우니까.

'누가 위인지 가르쳐 주마.'

저스틴은 다리안 영주가 왔음에도 응접실 소파에서 일어나지 않았다.

오히려 다리를 꼬며 여유로운 표정을 지었다.

호위 기사 월터와 전속 하녀인 카테리나가 저스틴이 앉아 있는 소파 뒤에 서 있을 뿐.

“그대가 와 주어서 기쁘군. 곧 술이 나올 걸세.”

“그 전에 커피라도 한잔하지 않겠나?”

다리안 영주와 가리안 백부장은 저스틴의 행동에 개의치 않았다.

다만 오십부장 해리는 속이 상했다.

저 망나니 자식이 대놓고 자신의 주군을 무시하고 있었기 때문이다.

“커피 좋지요.”

저스틴은 작은 미소를 지었다.

커피는 그가 마음에 들어 하는 기호품 중 하나였으니까.

잠시 후 다리안 영주 일행과 함께 들어온 하녀들이 커피 잔을 테이블 위에 올려놓으며 준비를 시작했다.

쪼르륵.

커피가 준비되자 저스틴의 옆에 조용히 서 있던 하녀가 나섰다.

카테리나였다.

차가운 북부지방의 은발 미녀인 그녀는 무표정한 얼굴로 저스틴에게 준비된 커피를 따랐다.

노팅힐 영지에서는 보기 드문 미녀가 절도 있는 자세로 커피를 따르는 모습은 마치 한 폭의 그림과도 같았다.

응접실에 있던 다리안 영주들뿐만이 아니라 노팅힐 영지의 하녀들도 한순간 넋 놓고 바라볼 정도로.

저스틴의 의도대로 카테리나는 좋은 장식품이었다.

"향이 좋군요. 이건 무슨 커피입니까?"

"아, 이번에 새롭게 만든 위즐 커피라고 하네. 족제비 똥으로 만들었지."

고소한 향과 맛이 일품인 위즐 커피.

다리안 영주와 나이젤도 좋아하는 커피로, 영주성 안에 족제비를 직접 자유롭게 키워서 만들었다.

하지만…….

"뭐? 똥?"

순간 응접실의 기온이 몇 도나 내려간 것처럼 분위기가 싸늘해졌다.

저스틴은 얼굴을 와락 일그러트린 채 부들부들 떨고 있었다.

쨍그랑!

저스틴은 커피 잔을 테이블 위로 내 던지며 소리쳤다.

"대체 어떤 놈이 똥으로 커피를!"

많고 많은 원두들 중에서 하필이면 똥으로 만든 커피를 내놓다니!

대체 어떤 놈이 이런 혐오스럽고 끔찍한 혼종을 만들었단 말인가?

'차라리 잘됐어. 어떤 놈인지는 모르겠지만 목을 쳐 주마!'

겉으로 화를 내고 있는 것과 다르게 저스틴의 머릿속은 빠르게 돌아갔다.

누군가가 자신에게 똥으로 만든 커피를 마시게 만들었다.

이건 기회였다.
명분이 생겼으니까.
이 사실을 빌미로 저스틴은 자신에게 똥 커피를 준 놈의 목을 쳐 버릴 생각이었다.
노팅힐 영지를 짓밟는 데 좋은 본보기가 될 테지.
저스틴은 눈을 부라리며 술과 커피를 내놓은 노팅힐 영지의 하녀들과 집사들을 노려봤다.
분명 저들 중에 이 커피를 만든 놈이 있을 터!
그때 다리안 영주가 조심스럽게 손을 들어 올렸다.
"내, 내가 만들었는데……."
"……."
순간 저스틴은 말문이 막혔다.
'무능하고 바보 같다는 소문을 듣긴 했었지만 이 정도일 줄은……'
이쯤 되니 대략 정신이 아득해졌다.
하지만 굴러 들어온 기회를 걷어찰 생각은 없었다.
"다리안 영주, 당신은 나에게 똥물을 주었소."
저스틴은 차가운 눈으로 다리안 영주를 노려봤다.
거기다 이제 존대조차 하지 않고 다리안 영주와 자신을 동등하게 봤다.
그리고 이제 자신의 목적을 이루기 위한 좋은 수단까지 생겼다.
"당신에게 결투를 신청하겠소!"
원래는 노팅힐 영지의 시종 한두 명의 머리를 날리는 걸로 적당히 마무리 지으려 했었다.

그런데 자신에게 똥물을 준 인물이 다리안 영주라고 하지 않는가?

이런 좋은 기회를 날릴 수 없었다.

"겨, 결투?"

저스틴의 말에 다리안 영주를 비롯한 노팅힐 영지의 인물들은 놀란 표정을 지었다.

설마 저스틴이 결투를 걸어올 줄은 몰랐으니까.

"저, 저스틴 공자님, 위즐 커피는 위생적으로 만들어졌기 때문에 깨끗합니다. 그리고 콘삭 커피 또한……."

"닥쳐라!"

보다 못한 오십부장 해리가 끼어들며 설명하려 했지만 돌아온 건 저스틴의 분노였다.

"너희는 나에게 모욕감을 주었다. 그럼 당연히 책임을 져야지. 아니면 네놈이 목을 내놓기라도 할 텐가?"

"그, 그건!"

예상 이상으로 강경한 저스틴의 태도에 해리는 고개를 숙이며 물러날 수밖에 없었다.

'이런 횡포를…….'

해리는 속으로 피눈물을 흘렸다.

위즐 커피로 시비를 거는 건 사실 말도 되지 않는 일이었다.

위즐 커피의 원두가 족제비 똥에서 채취한 것이긴 하지만 신경 써서 만들었기 때문에 위생적으로 아무런 문제도 없었다.

그리고 무엇보다 슈테른 제국 귀족들이 즐겨 마시는 커피들 중에 다람쥐 똥으로 만드는 콘삭 커피가 있었다.

그러니 족제비 똥으로 커피를 만들었다고 결투를 신청하는 건 단순한 트집 잡기에 지나지 않았다.

결투는 노팅힐 영지가 기어오르지 못하게 본보기를 보이기 위한 아주 좋은 수단이었으니까.

"물론 대리를 내세워도 좋소. 나는 월터를 대리로 내세우지."

저스틴의 말에 월터가 앞으로 나섰다. 그에게서 범상치 않은 기세가 흘러나왔다.

'강하군.'

백부장 가리안의 안색이 어두워졌다.

기세만으로도 알 수 있었다.

눈앞에 있는 자가 자신보다 강하다는 사실을, 기합이나 정신력으로 어떻게 해볼 수 있는 상대가 아니었다.

그 때문에 저스틴이 오만방자한 표정으로 자신들을 내려다보는 것일 테지.

"다리안 영주, 당신은 누구를 대리로 내세우시겠소?"

다리안 영주 일행들을 바라보며 저스틴은 비웃음을 흘렸다.

어느 누가 나서든 목이 날아가는 건 기정사실이었고, 설령 다리안 영주의 동생인 백부장 가리안이 나선다고 해도 적당히 끝낼 생각은 없었다.

'누가 위이고 아래인지 확실히 가르쳐 주마.'

그래야 기어오르지 못할 테니까.

그리고 현재 노팅힐 영지에서 가장 강한 무장은 가리안이었다.

결국 굳은 표정으로 가리안이 앞으로 성큼 나섰다.

"내가 나가……."

벌컥!

순간 응접실 문이 활짝 열렸다.

갑작스레 응접실 문을 열고 나타난 인물을 본 저스틴의 얼굴이 사정없이 구겨졌다.

"뭐야? 이 거지새끼는?"

응접실에 들어온 인물은 다름 아닌 나이젤이었다.

나이젤은 응접실 내부를 둘러봤다.

영주성에 도착한 후 딜런에게 저스틴이 와 있다는 이야기를 듣고 서둘러 옷을 갈아입고 응접실에 갈 생각이었다.

그런데 응접실 근처를 지나갈 때 그냥 지나칠 수 없는 흉흉한 이야기가 들려왔다.

결투를 하네 마네 하는 소리가 들려왔으니까.

'이제는 커피로 시비를 걸어?'

게임에서도 저스틴은 온갖 이유로 시비를 걸어 결투를 하자고 꼬드긴다.

술이 맛없다는 둥, 소파가 불편하다는 둥 어떻게든 시비를 걸어서 노팅힐 영지를 까 내리려고 했다.

이번에는 커피로 시비를 건 모양.

"뭐야? 이 거지새끼는?"

응접실에 들어온 나이젤을 본 저스틴은 불쾌한 표정을 지으며 대뜸 욕부터 박았다.

하긴, 그럴 만도 했다.

지금 나이젤이 입고 있던 가죽 갑옷은 너덜너덜해져 있어서 전체적으로 꾀죄죄해 보였으니까.

이래서 옷을 갈아입고 올 생각이었지만 결투 운운하는 이야기까지 나온 이상 그냥 지나칠 수 없었다.

그랬다간.

'까닥 잘못하면 백부장 가리안이 죽어 나갈 테니까.'

그 때문에 어쩔 수 없이 나이젤은 응접실에 먼저 방문했다.

"나, 나이젤 십부장!"

"역시 난 그대를 믿고 있었네!"

저스틴과 다르게 다리안 영주 일행은 나이젤을 반갑게 맞아 주었다

특히 다리안 영주는 싱글벙글 웃으며 나이젤을 바라봤다.

가리안과 해리는 나이젤이 떠났다고 생각했지만 다리안 영주만큼은 끝까지 아니라고 믿고 있었으니까.

"이런 모습을 보여서 죄송합니다, 저스틴 공자님."

나이젤은 일단 저스틴에게 사과부터 했다. 어쨌든 꾀죄죄한 몰골로 손님을 맞이한 건 실례였으니까.

하지만 자신의 모습에 기죽지 않았다. 잘못한 것도 없고, 애초에 이런 모습으로 응접실에 온 이유는 저스틴이 트집을 잡아 결투를 하려고 했기 때문이었다.

그렇기에 나이젤은 무릎을 꿇기는커녕 고개도 숙이지 않고 정면에서 똑바로 저스틴을 바라봤다.

불과 조금 전까지 다리안 영주 일행이 저스틴에게 쩔쩔매던 것과는 완전 딴판이었다.

'이, 이놈이…….'

그 모습에 저스틴의 눈가가 실룩거렸다. 전혀 사과를 하는 태도가 아니었으니까.

무릎 꿇고 사과를 해도 모자를 판에 고개조차 숙이지 않다니!

"무례한 놈! 이분이 누군지 알고 꼿꼿이 서 있느냐! 당장 바닥에 엎드려 예를 표해라!"

그때 저스틴 옆에 있던 월터가 눈살을 찌푸리며 소리쳤다.

거지꼴을 하고 나타난 주제에 나이젤의 당당한 태도가 마음에 들지 않았기 때문이다.

"그래, 당장 바닥에 엎드려서 빌어라! 그렇지 않으면 네놈의 목을 베겠다!"

월터의 말이 마음에 들었는지 저스틴은 한술 더 뜨며 동조했다.

그 말에 나이젤은 헛웃음을 흘렸다.

"예의는 그쪽이 차리셔야지요. 위즐 커피 때문에 결투라니, 저스틴 공자님은 콘삭 커피를 즐겨 마신다고 알고 있는데 괜한 트집 아닙니까?"

"뭐라고? 네놈! 지금 나를 우롱하는 것이냐!"

저스틴은 붉어진 얼굴로 소리쳤다.

어디서 굴러먹다가 왔는지 모를 별 거지 같은 놈에게 정면으로 반박당했다.

기분이 좋을 리 없었다.

"아니요. 설마 제가 저스틴 공자님을 우롱하겠습니까? 그저 서로 예의를 지키자는 말이지요."

나이젤은 능청스럽게 말하며 한 발짝 물러났다.
저스틴에게 존대를 해주는 것으로 최소한의 예의를 보였다.
상대는 영지를 가진 남작가의 장남이었고, 자신은 십부장에 지나지 않았으니까.
하지만 말투나 태도는 평소대로 거리낌이 없었다.
'어차피 적이 될 놈들이니 잘 보일 필요도 없지.'
두 번째 에피소드 프론트 라인이 시작되면 월버 영지는 노팅힐 영지의 적이 된다.
아니, 대륙에 있는 거의 모든 영지들이 서로 적대 관계를 형성한다.
삼국지로 치면 군웅할거의 시대가 시작되니까.
"이런 건방진 놈이!"
결국 저스틴의 성질이 폭발했다.
저스틴도 바보는 아니었다.
비록 나이젤이 존대를 하고 있었지만 태도까지는 그렇지 않다는 것, 무엇보다 그가 무엇을 말하려 하는지 잘 알고 있었다.
요컨대, 시답잖은 일로 시비 걸지 말라고 하고 있는 것이다.
"버러지 같은 거지새끼가 감히 나를 우습게 봐? 월터!"
"예."
"누가 위인지 교육시켜 줘라."
"알겠습니다."
저스틴의 말에 월터가 기다렸다는 듯이 앞으로 나섰다.
월터는 나이젤을 대수롭지 않은 존재라고 생각했다.
그저 예의도 모르는 건방진 거지 놈을 가볍게 손봐 줄 생각이었다.
"팔 하나 날아갈 각오는 해라."
월터는 씩 미소를 지어 보였다.
귀족에게 모욕을 줬음에도 죽이지 않고 팔 하나로 끝내다니.
이 얼마나 관대한 처사란 말인가?
"저스틴 공자, 지금 이게 무슨 짓인가? 당장 그만두게!"
상황이 심상치 않게 흘러가는 것 같자 백부장 가리안이 중간에 끼어들었다.
다리안 영주는 어쩔 줄 몰라 하고 있었고, 오십부장 해리는 끼어들 수조차 없었으니까.
"말리지 마시오. 나를 우습게 보았으니 책임은 져야지."
저스틴의 눈에서 광기가 일렁였다.
이렇게 물러날 생각은 없었다.
어떻게든 끝을 볼 생각이었다.
"저스틴 공자님."
그때 나이젤이 나직한 목소리로 저스틴을 불렀다.
어차피 결투는 피할 수 없는 일.
그렇다면.
"우리 내기 하나 합시다."

*　　　*　　　*

노팅힐 영주성 내 연병장.
저스틴이 물러날 생각이 없다는 건 처음부터 알고 있었다.

그래서 도발에 가까운 태도를 보였다. 거기에 저스틴과 월터는 쉽게 낚여 왔다.

'내기 결투.'

나이젤은 속으로 미소를 지었다.

물론 단순히 내기 결투를 하게 되었다는 사실은 크게 중요하지 않았다.

내기로 내건 상품이 중요했다.

나이젤은 슬쩍 연병장 한쪽을 바라봤다. 그곳에 저스틴이 카테리나에게 뭐라 뭐라 말하며 구박하고 있는 모습이 보였다.

저스틴의 목소리가 들리지 않아도 대충 알 수 있었다.

분명 카테리나를 욕하며 까 내리고 있겠지.

그녀가 어떤 재능을 가지고 있는지 알지도 못하면서.

저스틴과 카테리나에게서 눈을 뗀 나이젤은 앞을 바라봤다.

그곳에 자신을 죽일 듯이 노려보고 있는 월터가 있었다.

"감히 십부장 따위가 나와 내기 결투를 하겠다니. 각오는 되어 있겠지?"

월버 영지에 고용된 자유 기사 월터.

그는 삼국지로 치면 동오 지역에 묻혀 있는 재야 장수 동습이었다.

삼국지연의에 따르면 동습은 엄백호가 도망쳐서 안타까워하던 손책에게 엄백호의 목을 들고 온 인물이기도 했다.

정식 시나리오대로 간다면 삼국지연의에서처럼 월터의 손에 다리안 영주의 목이 날아가게 될 터.

나이젤은 자기도 모르게 손에 힘이 들어갔다.

"각오는 무슨. 준비 다 됐으면 덤비든가."

"이런 미친놈이!"

나이젤의 가벼운 도발에 월터는 눈이 뒤집혔다.

고작 십부장 따위가 기사인 자신에게 저따위 망발을 하다니!

"망나니 십부장이라고 하더니 역시 버릇이 없군. 다시는 기어오르지 못하게 밟아 주마!"

팟!

월터는 나이젤의 도발에 넘어가 주었다. 연병장 바닥을 박차며 빠르게 나이젤을 향해 달려든 것이다.

쌔애액!

나이젤의 눈앞에서 월터의 장검이 날카로운 파공성을 내며 내리쳐졌다.

깡!

하나 이미 대비 중이던 나이젤은 간단히 월터의 장검을 쳐냈다.

순간 월터의 눈빛에 이채가 서렸다.

이렇게 간단히 자신의 공격이 막힐 줄은 몰랐으니까.

"그래도 나름 실력은 있나 보구나!"

뒤로 한 걸음 물러난 월터는 재차 나이젤을 향해 달려들며 검을 휘둘렀다.

이번에도 나이젤은 장검을 치켜들며 어렵지 않게 공격을 막아냈다.

까강! 까가강!

"……!"

하지만 나이젤은 슬며시 눈살을 찌푸렸다. 월터가 쉬지 않고 공격을 해 왔기 때문이다.

현란한 움직임을 보이며 나이젤을 뒤덮기 시작하는 월터의 검.

점점 빨라지는 월터의 공격에 나이젤은 뒤로 주춤주춤 밀려났다.

자유 기사 월터의 화려한 연속 참격.

[바람을 부르는 폭풍검, 사이클론.]

나이젤을 향해 월터의 검이 폭풍처럼 몰아쳤다. 얼마나 빠른지 월터의 검이 여러 개로 보일 지경이었다.

그에 맞서 나이젤도 고속으로 검을 휘두르며 대응했다.

까가가가가강!

허공에서 월터와 나이젤의 검이 쉴 새 없이 부딪치며 불꽃이 튀었다.

하지만 월터의 참격을 전부 막아 내진 못했다.

핏! 피피핏!

날카로운 파공성과 함께 새로 갈아입은 나이젤의 가죽 갑옷에 칼자국이 늘어 갔다.

이대로라면 필패였다.

하지만 끈질기게 붙어 오는 월터의 연속 참격을 벗어나기 힘들었다.

그렇다면…….

'전부 벤다.'

나이젤은 장검을 꽉 움켜잡았다.

그와 동시에 나이젤의 눈빛이 날카로워졌다.

무영검법(無影劍法).

일식(一式), 무명 베기(無明斬)!

슈아아아악!

번개처럼 나이젤의 장검이 위에서 아래로 휘둘러졌다.

허공을 가르는 검은 궤적.

그 일격 앞에 월터의 수많은 검들이 깨어지고 부러져 나갔다.

'헛!'

깜짝 놀란 월터는 재빨리 뒤로 물러나며 자신의 검을 바라봤다.

다행히 검은 무사했다.

조각난 검들은 사이클론의 잔상에 지나지 않았다.

하지만 월터는 섬뜩함과 함께 식은땀을 흘렸다. 나이젤이 존재할 리 없는 잔상을 깨부수는 기행을 보여 줬으니까.

그것도 단 일 검에.

"그건 대체 뭐냐!"

긴장감을 느낀 월터는 날카롭게 소리쳤다.

하지만 그런 그에게 나이젤은 피식 웃으며 이렇게 말했다.

"그래도 나름 실력은 있나 보네?"

조금 전 월터가 했던 말을 그대로 돌려준 것이다.

그러자 월터의 얼굴이 악귀처럼 일그러졌다.

"이 버러지 같은 놈이!"

월터는 자존심이 상했다.

조금 전 나이젤이 보여 준 검술이 놀랍긴 했지만 그뿐이었다.

자신과 눈앞에 있는 건방진 놈 사이에는 넘을 수 없는 격차가 존재했다.

그리고 분명 그 사실을 모르고 있겠지.

"조금 실력이 있다고 기고만장하지 마라! 네놈에게 격의 차이를 보여 주마!"

결투를 시작하기 전부터 허리에 차고 있던 벨트에 월터는 마력을 주입하기 시작했다.

번쩍!

순간 벨트에서 눈부신 하얀빛이 터져 나오며 월터를 감쌌다.

하얀 빛의 방어막.

철컥철컥!

뒤이어 벨트를 중심으로 은빛 마도 장갑이 전개되면서 월터의 전신을 감쌌다.

잠시 후, 은빛으로 빛나는 풀 플레이트 아머를 입은 월터가 모습을 드러냈다.

전신을 감싸고 있는 육중한 갑주 덕분에 이전보다 덩치가 좀 더 커 보였다.

"여, 영웅급?"

그 모습을 본 가리안과 해리는 놀란 표정을 지으며 눈을 부릅떴다.

오직 영웅급 무장만이 착용할 수 있다고 알려진 전용 갑주.

마도 전투 장갑복, 헤카톤케일.

고대 마도 제국 시절, 세계를 지키기 위해 만들어졌다고 전해진다.

하지만 고대 마도 제국이 무엇을 상대하기 위해 헤카톤케일을 만들었는지는 게임상에서도 알려지지 않았다.

그리고 결국 약 1,000년 전 고대 마도 제국은 멸망했다.

그 이후 역사 속에서 수많은 왕국과 제국들이 나타났다가 스러져 갔다.

그리고 지금은 슈테른 제국이 아크 대륙을 지배하고 있는 중이었다.

헤카톤케일 또한 흥망성쇠를 거듭하는 아크 대륙의 국가들과 역사를 함께했으며, 지금은 제국의 대영주들 사이에서 힘의 상징처럼 여겨지고 있었다.

오직 강자들만이 헤카톤케일을 사용할 수 있는 격을 가지고 있었으니까.

다만, 월터가 착용 중인 헤카톤케일은 최하급 마정석이 장착된 양산형 제작품이었지만 말이다.

"이게 격의 차이다!"

마도 갑주 헤카톤케일 안에서 자신감으로 가득 찬 월터의 목소리가 흘러나왔다.

자신의 승리를 의심하지 않는 절대적인 자신감.

아무리 양산품이라고 해도, 기본적으로 마도 갑주 헤카톤케일은 무력과 마력이 80 이상 넘어가는 영웅급 무장들만 착용할 수 있었다.

그 말은 눈앞에 있는 월터가 최소 무력 80인 소드 익스퍼트급

검사라는 소리였다. 하지만 그 사실을 이미 알고 있는 나이젤은 심드렁한 목소리로 한마디 던졌다.

"그래서 뭐 어쩌라고?"

월터에게 마도 갑주 헤카톤케일이 있다면, 나이젤에게는 귀여운 까망이가 있었으니까.

Chapter 6

"주제도 모르는 놈!"

우우웅.

월터는 장검에 마나를 집중했다.

그러자 푸른빛의 오러가 검에서 흘러나오기 시작했다.

최소 무력 80 이상인 소드 익스퍼트들이 구현할 수 있는 능력.

백부장 가리안조차 무력이 70 초반이라 마나를 자유롭게 다룰 수 있을 뿐, 월터처럼 오러를 발현시키지는 못했다.

그나마 다행인 점은 월터가 최근에 소드 익스퍼트급에 올랐다는 사실일까.

쾅!

순간 묵직한 굉음을 내며 월터가 나이젤을 향해 달려들었다.

풀 아머를 착용하고 있다고는 생각할 수 없을 정도로 신속한 움직임!

'역시 헤카톤케일인가.'

나이젤은 재빨리 무영신법의 유운보를 펼치며 뒤로 물러났다.

"어딜 도망가느냐!"

하지만 월터는 헤케톤케일의 성능을 앞세우며 나이젤을 빠르게 쫓아왔다.

헤카톤케일은 착용자의 마나를 동력으로 삼아 움직이는 일종의 강화 장갑복이었다.

중심부에 박혀 있는 마정석이 출력을 좌우하며 착용자의 신체 능력을 강화시켜 준다.

그로 인해 기민한 움직임과 상당한 방어력을 가질 수 있게 되는 것이다.

"아아, 이제 끝이야."

"설마 저 기사가 헤카톤케일의 소유자였었다니……."

다리안 영주와 백부장 가리안은 멍한 얼굴로 월터의 육중한 마도 갑주를 바라봤다.

아무리 나이젤이 강하다고 해도 마도 갑주 헤카톤케일을 착용한 월터를 이길 순 없을 터.

연병장에서 전투를 지켜보고 있는 모든 사람들은 그렇게 생각했다.

그만큼 마도 갑주 헤카톤케일은 힘의 상징이었으니까.

'하지만 만능은 아니지.'

헤카톤케일은 마정석의 등급에 따라 성능 차이가 극명히 갈린다.

또한, 마나 연비가 좋지 않았다.

특히 등급이 좋지 않은 마정석이 박힌 경우 운용 시간은 극단적으로 낮았다.

그리고 무엇보다.

'더럽게 비싸.'

그 때문에 어지간한 소규모 영지에서는 헤카톤케일을 구비할 수 없었다.

설령 구비한다고 해도 최하급 마정석을 장착한 양산형 제작품이 한계였다.

월버 영지 또한 마찬가지.

"쥐새끼처럼 잘도 도망치는구나!"

육중한 마도 갑주를 움직이며 월터는 나이젤을 압박했다.

쿵!

월터가 한 걸음 내디딜 때마다 지면이 흔들렸고.

슈아아악!

푸른빛의 오러가 감도는 장검이 공간을 갈랐다.

하지만 나이젤은 무영신법의 유운보로 월터의 공격을 거의 종이 한 장 차이로 피해 내고 있었다.

'그래도 역시 스피드는 느려졌어.'

나이젤은 단순히 월터의 공격을 회피하고 있는 것뿐만이 아니라 일거수일투족을 탐색했다.

2미터가 살짝 넘는 육중한 덩치로 오러가 발현된 장검을 휘두르며 쫓아오는 월터의 모습은 가히 위협적이었다.

공격 하나하나가 묵직하면서도 날카로웠으니까.

하지만 확실히 헤카톤케일을 착용하고 나서는 움직임이 좀 느려진 감이 있었다.

'방어력은 어떨까?'

이전과 비교해서 방어력은 월등하게 올라 있을 터.

뒤로 어느 정도 거리를 벌린 나이젤은 납검을 하며 자세를 낮췄다.

쿵쿵쿵!

그 틈을 놓치지 않고 월터가 나이젤을 향해 정면에서 달려왔다.

푸른빛이 감도는 장검을 앞세우고.

하지만…….

무영검법(無影劍法).

영식(零式) 개(改).

발검(拔劍) 무명 베기(無明斬)!

슈아아아악!

순간 나이젤의 장검이 뽑혀져 나오며 검은 궤적이 좌에서 우로 월터의 몸통을 향해 휘둘러졌다.

스카가가각!

헤카톤케일의 몸통에서 화려한 불꽃이 튀었다.

눈 깜짝할 사이에 나이젤과 월터는 서로 스쳐 지나갔다.

월터의 등 너머에서 길게 호흡을 내뱉은 나이젤은 쓰게 웃었다.

"얕았나?"

그 순간.

파사삭!
나이젤의 장검이 산산조각 나며 부서져 내렸다.
"크하하핫! 역시!"
그 모습을 본 저스틴이 연병장 끝에서 웃음을 터트렸다.
유일한 무기인 장검이 부서졌으니 승패가 갈렸다고 생각한 것이다.
하지만 섣부른 판단이었다.
파각!
"크윽!"
헤카톤케일의 옆구리 일부가 파손되면서 금속 조각들이 튕겨져 날았다.
그와 동시에 월터는 투구 안에서 피를 머금고 한쪽 무릎을 꿇었다.
헤카톤케일의 방어력 덕분에 외상은 입진 않았지만 내장이 진탕되었기 때문이다.
"뭐, 뭣!"
크게 웃다가 월터가 쓰러지는 모습을 본 저스틴은 믿을 수 없다는 표정으로 눈을 부릅떴다.
아무리 양산품이라고 해도 헤카톤케일은 마도 갑주다.
일반 장검으로 흠집조차 낼 수 없어야 했다.
그런데 대체 어떻게?
"이 빌어먹을 쓰레기가!"
월터는 비틀거리며 일어섰다.
속이 뒤집힌 것처럼 좋지 않았지만, 그보다 자신이 아끼는 헤카톤케일에 금이 갔다는 사실에 화가 뻗쳐올랐다.

"죽여주마!"

우우웅!

월터의 장검이 진동하면서 푸른빛 오러가 솟구쳐 나왔다.

그에 반해 나이젤은 어떤가?

맨손이었다.

헤카톤케일을 베면서 장검이 산산조각 나 버렸으니까.

하지만…….

"아직 끝이 아니다."

이런 때를 위해 나이젤은 건틀렛을 항상 장비하고 무영투법을 배우지 않았던가.

그뿐만이 아니다.

나이젤은 색이 바래 보이는 강철 건틀렛의 손을 활짝 펼쳤다.

"와라!"

뀨아아앙!

순간 나이젤의 그림자 속에서 귀여운 울음소리가 울려 퍼지더니 검은 기운이 솟구쳐 올랐다.

검은 기운은 나이젤의 손가락 끝에서부터 건틀렛 전체를 감쌌다.

어둠을 감싼 것 같은 묵빛 건틀렛.

[당신의 소환수 나이트 하운드 까망이가 액티브 스킬 단단해지기(F)를 사용합니다.]

이어서 건틀렛을 감싸고 있는 그림자 같은 검은 기운이 딱딱해졌다.

[액티브 스킬, 육체 강화를 발동합니다.]

육체 강화를 발동하자 나이젤의 전신이 강화되면서 활력이 넘쳐흘렀다.

"후."

모든 준비를 마친 나이젤은 길게 호흡을 내뱉으며 전방을 주시했다.

어느덧 눈에 핏대를 세운 월터가 바로 눈앞까지 돌진해 와 있었다.

"죽어라!"

조금 전보다 확연히 밝아 보이는 푸른빛의 오러로 감싸인 장검이 천천히 사선을 그리며 휘둘러져 온다.

오로지 나이젤을 베기 위한 일념 하나로 월터의 실력이 한 단계 상승한 것이다.

소드 익스퍼트 최하급에서 하급으로.

하지만.

"임팩트!"

나이젤은 S급 고유 능력 임팩트를 시전했다.

이전보다 더욱 많은 양의 마나를 주입하면서.

그 순간, 나이젤의 시야 한쪽에 시스템 메시지가 빠르게 올라왔다.

[임팩트의 출력이 45%를 넘어섰습니다! 출력이 25%를 돌파하여 고유 능력 임팩트의 퍼스트 어빌리티가 해제됩니다.]

[퍼스트 어빌리티 브레이크 임팩트를 발동합니다!]

하지만 시스템 메시지를 확인할 틈은 없었다. 푸르게 빛나는 월터의 장검이 바로 눈앞까지 다가와 있었으니까.

나이젤은 임팩트를 발동한 건틀렛을 꽉 움켜쥐며 앞으로 내질렀다.

무영투법(無影鬪法).

일식(一式), 파쇄붕권(破碎崩拳)!

위에서 아래로 내려쳐 오는 월터의 장검보다 나이젤의 건틀렛이 훨씬 더 빠르게 쏘아지듯 나아갔다.

깡!

오러로 감싸인 월터의 장검과 충격파를 머금은 나이젤의 건틀렛이 충돌했다.

카가각!

가장 먼저 월터의 장검이 부러지면서 산산조각이 났다.

그 모습을 본 월터의 표정이 경악으로 물들었다.

동시에 월터의 장검을 파괴한 나이젤의 묵빛 건틀렛이 헤카톤케일을 찌르고 들어갔다.

콰아앙!

어마어마한 굉음과 함께 폭발이 일어났다.

"크아아악!"

전신을 후려치는 충격파 속에서 월터는 비명을 내지르며 튕겨 날아갔다.

그의 신형이 허공을 빙글빙글 돌았고, 그 주위로 헤카톤케일의 부서진 잔해가 흩뿌려졌다.

쿠웅!

이윽고 산산조각이 난 헤카톤케일과 함께 월터는 지면에 떨어져 나뒹굴었다.

"……."

저스틴뿐만이 아니라 연병장에 있던 모든 사람들의 얼굴에 경악이 번졌다.

양산품이라고 해도 헤카톤케일을 장착한 영웅급 무장을 쓰러트렸으니까.

하지만 침묵도 잠시.

우와아아아!

노팅힐 영지군에서 우렁찬 환호성이 터져 나왔다.

"나이젤 십부장님이 기사를 꺾었다!"

"나이젤 십부장님 만세!!"

그와 함께 나이젤의 시야에 시스템 메시지도 떠올랐다.

[노팅힐 영지군 병사들의 충성도가 급상승합니다!]

메시지를 스쳐 지나가듯 본 나이젤은 월터를 내려다봤다.

볼품없이 바닥에 쓰러진 월터는 미동도 하지 않았다.

정신을 차리지 못할 정도로 기절해 있는 모양.

완벽한 승리였다.

"마, 말도 안 돼……."

그리고 환호성을 지르는 노팅힐 영지군 병사들 사이에서 저스틴은 멍한 표정을 지으며 털썩 주저앉았다.

일반 장비로 헤카톤케일을 착용한 월터를 상대할 수 있는 무장은 월버 영지에도 없었다.

그런데 일반 장비로 월터를 쓰러트리다니?

사실상 자신의 영지에 있는 모든 무장들보다 거지 취급하면서 무시했던 저놈이 더 강하다는 말이 아닌가?

저스틴은 노팅힐 영지군 병사들에게 헹가래를 받고 있는 나이젤을 노려보며 몸을 부들부들 떨 수밖에 없었다.

*　　　*　　　*

결투가 끝난 후, 의외로 저스틴은 고분고분한 태도를 보였다.

하긴 그럴 수밖에.

순식간에 입장이 역전되었으니까.

저스틴의 개차반 같은 성격을 받쳐 주는 자신감의 원천은 강한 힘을 가진 무장이었다.

하지만 지금 당장 저스틴이 데리고 온 호위 병력 중에서 월터보다 강한 실력자는 없었다.

무엇보다 월버 영지에 있는 무장들을 통틀어도 나이젤보다 강한 자가 없다는 사실이 문제였다.

"그럼 저스틴 공자, 내기는 지켜 주십쇼."

"크!"

월터를 쓰러트리고 확연히 달라진 나이젤의 건들거리는 태도에 저스틴은 이를 악물었다.

마음 같아서는 눈앞에 있는 거지새끼를 후려 패고 싶었지만 지금은 참을 때였다. 그리고 지금 그보다 더 큰 문제가 있었다.

"왜 이런 년을 원하는 거지? 이년은 내가 아니면 아무것도 하지 못한다. 예쁜 쓰레기 같은 년이지."

저스틴은 바로 옆에 당사자인 카테리나가 있음에도 폭언을 서슴치 않았다.

그녀는 그저 가만히 저스틴의 저속하기 짝이 없는 품평을 들어야만 했다.

"여자를 원하는 거라면 다른 여자를 알아봐 주마. 이년이 지금 이렇게 머리카락으로 얼굴을 가리고 있어서 그렇지 흉측한 상처도 가지고 있다. 너도 이런 년을 원하진 않을……."

콱!

순간 저스틴의 발아래에 단검이 날아와 박혔다.

"그쯤 하지, 저스틴 공자. 나는 그녀만 받을 수 있으면 아무 불만 없으니까."

"이!"

저스틴은 나이젤을 죽일 듯이 노려봤다. 좋게 좋게 이야기하려는 자신의 말에 나이젤이 단검을 던진 데다 말투도 불손했기 때문이다.

"솔직히 그녀를 내기 상품으로 걸고 싶지는 않았지만, 이 방법밖에 생각나지 않아서."

카테리나를 처음 본 순간, 나이젤은 그녀가 탐이 났다.

그래서 그녀를 얻기 위해 내기를 걸었다. 저스틴의 손아귀에서 데리고 오려면 내기를 거는 게 가장 무난하다고 생각했으니까.

그리고 나이젤은 내기 결투에서 승리했다. 남은 건, 카테리나를 받기만 하면 될 뿐.

하지만 저스틴은 이해가 되지 않았다. 자신이 아니면 아무 쓸모도 없는 그녀를 나이젤이 원하고 있었으니까.

"대체 왜 이딴 쓰레기 년을 원하는 거냐! 내가 아니면 아무것도 못 하는 년인데!"

'그건 네 생각이고.'

나이젤은 속으로 저스틴을 비웃었다.

왜냐하면 저스틴이 대놓고 쓰레기 취급하는 북부 출신의 메이드 카테리나는.

[고유 능력: 창술(S).]

트리플 킹덤 세계에서 창술로 마이스터 경지에 다다를 수 있는 어마어마한 재능의 소유자였으니까.

[상태 창]

이름: 카테리나.

종족: 인간.

연령: 20세.

상태: 우울함. 의존성.

타입: 무관.
직위: 메이드.
클래스: 랜서.
고유 능력: 창술(S).
무력(15/95), 통솔(10/52).
지력(75/88), 마력(20/95).
정치(15/50), 매력(85/92).

고유 능력, 창술(S).
창에 관해서는 실로 천부적인 재능을 가졌다는 사실을 뜻한다.
장래에 스피어 마스터가 될 가능성을 지닌 재능이었다.
그런데.
'카테리나를 하녀로 부리다니. 정신 나간 놈.'
카테리나의 요약 정보 창을 확인한 나이젤은 속으로 고개를 흔들었다.
S급 창술 재능을 가진 인물을 하녀로 다루며 구박이나 주다니!
어디 그뿐인가?
능력치 또한 나쁘지 않았다.
비록 지금까지 하녀로 살아왔기에 현재 능력치는 지력과 매력을 제외하고는 전체적으로 낮았지만, 잠재 능력 한계치는 통솔과 정치를 제외하고 상당히 높았다.
통솔이 낮은 게 아쉽긴 하지만, 무시해도 상관없었다.
고유 능력 S급 창술이 그녀의 일부 단점을 씹어 먹을 정도로 좋았으니까.

하지만 나이젤은 카테리나와 만나고 한 가지 깨닫게 된 사실이 있었다.

'설마 정말 존재했을 줄이야.'

윌버 영지의 하녀 카테리나.

사실 그녀는 진현이 트리플 킹덤 게임을 하면서 추가한 신(新)무장들 중 한 명이었다.

즉, 자신이 추가한 신무장과 모드(Mod)가 현실화되어 있었다.

'대체 트리플 킹덤을 개발한 인간들은 뭐 하는 놈들인지.'

어찌 되었든 이 세계가 현실임에는 변함이 없었다. 당초 계획대로 나이젤은 밀고 갈 생각이었다.

이 세계에서 부귀영화를 누리며 행복하게 살아가는 것.

그러기 위해서 초반에는 직접 움직일 수밖에 없었다.

적어도 도움이 될 만한 인재들을 영입하기 전까지는.

"내기대로 그녀는 제가 데리고 가겠습니다."

상념에서 벗어난 나이젤은 저스틴을 바라보며 말했다.

그 말에 저스틴의 얼굴은 일그러질 대로 일그러졌다.

하지만 어쩌겠는가.

상황이 역전된 것을.

"……."

하지만 미련을 못 버렸는지 저스틴은 몇 번이나 말없이 카테리나의 얼굴을 바라봤다.

"나이젤 십부장님."

그때 카테리나가 나이젤을 불렀다.

그녀 또한 저스틴과 다를 바 없이 곤혹스러운 표정을 짓고 있었다.

"어째서 저를 원하시나요? 이런 몸이라도 저를 원하시는 건가요?"

카테리나는 자조적인 목소리로 말하며 얼굴을 반쯤 가린 머리카락을 슬쩍 들어 올렸다.

"흠."

"으음."

그 모습에 주변에서 헛기침 소리가 들려왔다. 한쪽 눈을 덮을 정도로 큰 화상 흉터 자국이 있었기 때문이다.

"상관없어."

하지만 나이젤은 즉답했다.

S급 창술 재능을 가진 인재인데 흉터 따위가 무슨 대수란 말인가?

그리고 흉터 자국을 없앨 수 있는 방법이라면 몇 가지 알고 있었다.

결과적으로 나이젤 입장에서는 아무런 문제가 없었다.

"용자다."

"역시 나이젤 십부장님!"

그때 노팅힐 영지군 병사들 사이에서 불온한 말들이 들려왔다.

순간 나이젤은 깨달았다, 영지군 병사들이 무언가 단단히 오해를 하고 있음을.

"야, 이놈들아! 그런 거 아니니까 이상한 생각하지 마!"

아무래도 영지군 병사들은 나이젤이 얼굴에 상처가 있는 여자도 마다하지 않고 받아들인다고 생각한 모양이었다.

노팅힐 영지에서 나이젤은 망나니로 유명하며, 대화 흐름상 충분히 오해할 만했다.

또한 카테리나는 아름다운 미모와 몸매가 발군인 메이드였고, 중세 시대에서 개인 전속 하녀를 소유하겠다는 것은 밤의 익사이팅을 의미했으니까.

'이 자식들이 빠져 가지고.'

나이젤은 병사들의 훈련량을 두 배 늘리기로 마음먹었다.

"……."

하나, 오해는 카테리나도 마찬가지.

그녀는 살짝 붉어진 얼굴로 동공 지진을 일으키며 안절부절못하고 있었다.

나이젤은 살짝 한숨을 내쉬었다.

"오해하는 것 같아서 미리 말하는데 난 널 하녀로 받을 생각이 없어."

"네?"

나이젤의 말에 카테리나는 의아한 표정을 지었다.

"넌 이제부터 하녀가 아니다."

"그게 무슨……."

지금까지 카테리나는 하녀로서 일을 해 왔다.

당연히 나이젤도 그런 자신을 원할 거라 생각했다.

그런데 하녀가 아니라니?

"카테리나, 넌 이제부터 창기사다. 너에게는 재능이 있어."

"네? 제가요?"

청천벽력과도 같은 나이젤의 말에 카테리나는 어리둥절한 표정을 지었다.

창기사라니?

이게 대체 무슨 소리란 말인가?

"나이젤 십부장, 제정신인가? 하녀 일도 제대로 못 하는 쓰레기 같은 년이 창기사라고?"

그때 저스틴이 비웃음을 흘리며 입을 열었다.

카테리나가 창기사라니?

지나가던 오크가 웃을 일이었다.

하지만 나이젤은 저스틴의 말을 무시하며 카테리나를 바라봤다.

"너도 그렇게 생각하나?"

"저, 저는……."

카테리나는 불안한 표정으로 몸을 떨었다.

지난 5년.

그녀는 저스틴의 흉계로 하는 일마다 실패를 해 왔다.

그런 일들이 반복되다 보니 저스틴이 없으면 아무것도 하지 못한다는 생각을 하게 되었다.

반쯤 세뇌당한 것이다.

그 때문에 불안, 초조, 좌절, 절망 같은 온갖 부정적인 생각이 카테리나의 마음을 잠식하고 있었다.

꿈도 희망도 없는 자포자기적인 삶.

"지금 아무것도 할 수 없다는 생각부터 버려라. 부정적인 생각을 가지고 있으면 계속 그렇게밖에 살 수 없으니까."

진현은 할머니께서 항상 하시던 말씀을 떠올렸다.

"진현아, 항상 긍정적인 마음을 가지고 매사에 감사하렴. 어려운 일이 생기더라도 절대 부정적인 생각에 휘둘려 살아서는 안 된단다. 알겠지?"

할머니는 매사에 감사하고 희망이 마음속에 있다면 무엇이든지 할 수 있다고 말씀하셨다.

물론 때때로 감당하기 힘든 일이 올 수도 있었다.

그럴 때는 잠시 모든 걸 내려놓고 휴식을 취한 다음, 다시 시작하라고 하셨다.

희망을 가지고 포기하지 않으면 언젠가 바라는 걸 이룰 수 있다면서.

그래서 진현은 취직 활동을 멈추고 그동안 하고 싶었던 게임을 하며 잠시 쉬었다.

그 결과 게임 속 엑스트라로 두 번째 인생을 살게 되었지만.

'나도 남 말 할 처지는 아닌가.'

나이젤은 속으로 쓴웃음을 지었다.

이 세계에 온 게 좋은 일인지 아니면 나쁜 일인지 아직 알 수 없었다.

하지만 이미 현실로 닥친 일이었다.

왜 이런 말도 안 되는 일을 당해야 하는지, 혹은 되는 일이 하나 없다고 좌절하며 아무것도 하지 않는 것보다 어떻게든 발버

둥 치는 편이 나았다.

무기력해지면 정말 아무것도 할 수 없게 되니까.

"너는 무엇이든지 할 수 있다. 할 수 없다고 생각하는 건 말 그대로 네 생각일 뿐이야. 아니, 저놈이 너에게 불어넣은 생각이지. 너는 저놈의 생각대로 아무것도 할 수 없다고 생각하며 계속 주저앉아 있을 거냐?"

요컨대, 모든 건 마음먹기에 달려 있다는 소리다.

생각이 아니라 마음에.

마음이 움직이지 않으면 안 된다.

그럼 마음이 움직이게 하려면?

일단 본인이 무언가 하려는 의지가 있어야 한다.

하지만 대부분 부정적인 생각에 갇혀서 무언가 하기도 전에 '나는 안 될 거야'라는 생각으로 포기하기 일쑤다.

불안, 초조, 좌절, 두려움 등 부정적인 생각에 마음이 갇혀 있으니까.

이것을 풀어주려면 항상 긍정적인 생각과 믿음을 가져야 한다.

그렇게 해서 한 번씩 불쑥 고개를 내미는 부정적인 생각을 떨쳐 낼 수 있다면 성공적이라 할 수 있었다.

그 다음은 어떤 일이든 흔들리지 않고 매사에 감사하는 마음과 함께 희망을 가지고 달리기만 하면 되니까.

하지만 현재 카테리나는 심각한 상태였다.

지난 5년간 매일매일 저스틴이 그녀의 잠재의식 속에 세뇌하듯 부정적인 생각을 새겨 놓았기 때문이다.

그 때문에 마음은 현재 상황에서 벗어나고 싶어 해도, 두려운 감정과 생각이 발목을 잡아 벗어날 수가 없었다.

그런 그녀에게 해 줄 수 있는 일은 과연 무엇일까?

"두려워하지 마라. 너는 이제 혼자가 아니야. 내가 곁에 있어 줄 테니까. 나는 네가 필요해."

바로 손을 내밀어 주는 일이었다.

혼자서 어떻게 할 수 없다면 직접적인 도움을 주어야 하니까.

"아……."

카테리나는 자기도 모르게 나이젤이 내민 왼손을 붙잡았다.

지금까지 누구도 자신을 필요로 해 주지 않았다.

그런데 이제 생겼다.

자신을 이해해 주고 필요로 해 주는 사람이.

[카테리나의 호감도가 50 상승하여 80이 되었습니다. 카테리나가 당신에게 무한한 감사를 느낍니다.]

[축하합니다. 당신은 최초로 전설급 명장이 될 수 있는 무장을 수하로 들였습니다. 보상으로 액티브 스킬 슬롯 1칸이 늘어납니다! 그리고 정치와 매력 능력치가 각 3씩 상승합니다!]

순간 나이젤의 시야에 시스템 메시지가 떠올랐다.

빠르게 메시지를 확인한 나이젤은 작은 미소를 지었다.

처음으로 전설급 명장이 될 수 있는 잠재력을 가진 카테리나를 얻은 데다가 귀중한 스킬 슬롯까지 하나 늘어났으니까.

"감사합니다."

나이젤의 미소를 본 카테리나는 마음이 안정됨을 느끼며 고개를 숙였다.

순간 카테리나는 그동안 보고도 보이지 않았던 것들이 보이기 시작했다.

마음의 여유가 생겨나자 생각과 시야가 넓어진 것이다.

그리고 볼 수 있었다.

바로 눈앞에 서 있는 인물이 얼마나 상처를 입고 서 있는지.

가죽 갑옷은 완전 너덜너덜해져 있었으며, 군데군데 날카롭게 베인 상처가 보였다.

그뿐인가?

주변의 다른 인물들은 아직 미처 깨닫지 못했지만 나이젤의 오른팔은 부러져 있었다.

임팩트 출력 45%의 폐해였다.

까망이와 육체 강화 스킬 덕분에 출력을 더 올릴 수 있었지만, 오히려 그로 인해 또다시 부상을 입은 것이다.

그 때문에 나이젤은 오른손이 아니라 카테리나에게 왼손을 내밀었다.

'아, 나 때문이구나.'

문득 카테리나는 깨달았다.

자신을 구하기 위해 나이젤이 어떤 희생을 치렀는지를.

나이젤은 맨몸으로 익스퍼트 실력의 기사와 싸웠다

그것도 마도 갑주 헤카톤케일의 사용자를 상대로.

그 결과 온몸은 상처투성이었으며 팔까지 부러지는 큰 부상을 입었다.

단지, 아무 쓸모도 없는 자신을 구하기 위해서.

그 사실에 카테리나는 눈시울이 붉어지고 가슴이 아려 왔다.

"저는 이곳에 남겠습니다."

카테리나는 싸늘한 눈으로 저스틴을 노려보며 말했다. 사실상 저스틴을 떠나겠다는 소리였다.

"뭐, 뭣? 노팅힐 영지에 남겠다고?"

저스틴은 당황한 표정으로 소리쳤다.

하지만 그러거나 말거나 카테리나는 저스틴을 무시하며 다리안 영주 일행을 바라봤다.

"나이젤 님은 제가 병실로 데리고 가겠습니다. 안내인을 한 명 붙여 주세요."

"제가 가겠습니다!"

카테리나의 말에 냉큼 딜런이 달려와 답했다.

"음. 나이젤을 부탁하지."

카테리나의 말에 다리안 영주와 가리안 백부장은 고개를 끄덕였다.

다리안 영주와 백부장 가리안, 그리고 오십부장 해리는 카테리나가 믿을 만한 인물이라고 생각했다.

다른 누구도 아닌 나이젤이 내기를 걸면서까지 구하려 한 인물이었으니까.

거기다 딜런까지 붙었으니 걱정할 일은 없을 터였다.

"아니, 잠깐……."

그때 눈앞에서 떠나려고 하는 카테리나와 나이젤을 저스틴이 막으려 했다.

“어허! 어딜 가려고 하는 겐가.”

하지만 도리어 백부장 가리안에게 어깨를 붙잡혔다.

“이게 무슨 짓…….”

신경질적인 표정으로 고개를 뒤로 돌린 저스틴의 목소리가 작아졌다.

자신의 등 뒤에서 백부장 가리안이 악마 같은 미소를 짓고 있었으니까.

“자자, 저스틴 공자. 우리는 남은 이야기나 마저 해 봄세. 그러니까 콘삭 커피를 좋아한다고?”

“…….”

저스틴은 자기도 모르게 식은땀을 흘렸다.

그가 데리고 온 호위 병사들 중에서 백부장 가리안을 상대할 수 있는 인물은 월터밖에 없었다.

하지만 월터는 지금 연병장 바닥에 처박힌 채 기절해 있는 상황.

가리안을 막을 수 있는 자는 아무도 없었다.

그사이 카테리나는 나이젤을 부축하고 있었다.

“모시겠습니다.”

나이젤을 부축한 순간 카테리나는 입술을 꾹 깨물었다.

언제부터였을까.

눈을 감고 있는 나이젤은 이미 정신을 잃은 상태였다.

거기다 호흡도 불규칙적이었으며, 안색도 파리했다.

처음으로 자신이 필요하다며 온몸을 내던져 도와준 사내.

‘이분은 내가 지켜야 돼.’

당신에게 충성과 봉사를.

카테리나는 자신에게 재능이 있다는 나이젤의 말을 믿고 강해지기로 다짐했다.

다음 날 아침.

나이젤은 병실에서 눈을 떴다.

여전히 잠에 취한 표정으로 따스한 이불 속에서 몸을 뒤척이던 나이젤은 순간 흠칫 놀랐다.

침대 바로 옆에서 밤새 나이젤을 간호한 카테리나가 의자에 앉은 채 졸고 있었기 때문이다.

'아, 또 정신을 잃었었나.'

시스템 메지시를 확인한 후, 긴장이 풀린 나이젤은 갑자기 몰려온 수마에 정신을 잃었었다.

월터를 쓰러트리기 위해 임팩트의 출력을 끌어올렸다가 거의 모든 마력과 체력을 소모하고, 어마어마한 반동까지 몸을 덮쳐왔으니까.

긴장을 푸는 순간 나이젤은 정신을 잃듯 잠에 빠져들었다.

몸을 회복하기 위해서.

'그래도 얻은 게 더 크지.'

나이젤은 옆에서 졸고 있는 카테리나를 바라봤다.

어제부터 하녀가 아니라고 했건만 그녀는 여전히 메이드복 차림으로 의자에 앉아 꾸벅꾸벅 졸고 있었다.

잠에서 깨어났을 때 옆에 누군가가 있다는 사실이 썩 나쁘지 않았다.

현대에서 할머니께서 돌아가신 이후로는 쭉 혼자였으니까.

뀨웅?

그때 나이젤의 등 뒤에서 검은 그림자 같은 기운이 흘러나왔다.

그리고 나이젤의 가슴 위에서 작은 형체를 이뤘다.

꾱꾱!

전체적으로 윤기 나는 검은색 털을 가진 작은 댕댕이의 모습에 여우처럼 생긴 귀와 꼬리를 가진 생명체.

그림자 차원 소환수, 나이트 하운드 까망이었다.

파닥파닥.

헥헥헥.

까망이는 혀를 반쯤 내밀고 여우처럼 생긴 귀를 열심히 움직이며 나이젤을 쳐다봤다.

[당신의 소환수 까망이가 칭찬받고 싶어 합니다.]

나이젤은 말없이 미소를 지으며 까망이의 머리를 손으로 부드럽게 쓰다듬어 주었다.

슥슥.

끼잉.

그러자 까망이는 가볍게 고개를 도리질 쳤다.

[더욱 격렬하게 쓰다듬어 주세요! 당신의 댕댕이는 이 정도 쓰담쓰담으로는 만족하지 못합니다!]

"얼마나 쓰다듬어 주길 원하는 거냐."

눈앞에 떠오른 메시지를 본 나이젤은 자기도 모르게 피식 웃음을 흘렸다.

하지만 까망이는 충분히 칭찬받을 자격이 있었다. 까망이 덕분에 월터를 쓰러트릴 수 있었으니까.

나이젤의 계획대로였다.

낮은 무력을 보완하기 위해 히든 던전에 가서 그림자 차원 생명체 나이트 하운드, 까망이를 얻었다.

까망이가 가진 능력들이 지금의 나이젤에게 필요했기 때문이다.

당장 까망이의 스킬 중 하나인, 단단해지기(F)는 나이젤의 S급 고유 능력 임팩트를 보조해 줄 수 있었다.

단단해지기는 소환사의 몸 일부를 그림자로 감싸서 방어력을 상승시켜 주는 스킬이었으니까.

덕분에 임팩트의 출력을 상승시키고, 반동은 경감시킬 수 있게 되었다.

그 외에도 까망이는 나이젤에게 도움이 되는 스킬들을 가지고 있었다.

그리고 무엇보다.

'보고 있는 것만으로도 힐링이 되는 것 같네.'

가슴 위에서 재롱을 부리는 까망이를 보고 있는 것만으로도 마음이 치유되었다.

슥슥슥슥슥!

기분이 좋아진 나이젤은 까망이의 머리를 마구 쓰다듬어 주었다.

끼야아아앙!

그러자 까망이는 아주 만족한 표정을 지으며 기분 좋은 울음소리를 냈다.

"나이젤 님?"

까망이의 울음소리가 컸던 것일까.

옆에서 졸고 있던 카테리나가 눈을 크게 뜨며 놀란 표정으로 이쪽을 바라보고 있었다.

웬 귀엽게 생긴 작은 댕댕이가 나이젤의 얼굴을 핥고 있었으니까.

"아, 일어났구나."

나이젤은 얼굴에서 까망이를 떼어내며 말했다.

이제 막 잠에서 깬 카테리나는 멍한 얼굴로 까망이를 바라봤다.

"어디서 이런 귀여운 생물이……."

"내 소환수야. 어때 귀엽지?"

뀨웅?

나이젤의 품안에서 까망이는 고개를 갸웃거리며 귀여운 울음소리를 냈다.

"아……!"

까망이의 귀여운 몸짓은 차가운 북부 미녀 카테리나조차 자기도 모르게 고개를 끄덕이게 만들었다.

하지만 이내 얼굴을 살짝 붉히며 나이젤을 바라봤다.

"그, 그보다 나이젤 님. 이제 몸은 괜찮으신가요?"

걱정스러움이 가득 묻어 있는 상냥한 목소리.

"어."

나이젤은 침대에서 일어나 앉으며 몸 상태를 확인했다.

다행히 어디 아픈 곳은 없었다. 그러자 카테리나는 놀란 표정을 지었다.

"팔도 괜찮나요?"

"팔?"

그녀의 말에 나이젤은 반사적으로 양팔을 들어 올렸다.

무리 없이 잘 움직였다.

"괜찮은 거 같은데?"

임팩트를 사용한 나이젤의 오른팔은 만신창이가 되어 있었다.

그런데 하룻밤 만에 나았다고?

카테리나는 나이젤의 팔을 살며시 잡으며 이리저리 꾹꾹 눌러 보았다.

"아프지 않나요?"

"어. 안 아파."

"정말요?"

꾹꾹.

아프지 않다는 나이젤의 말을 듣고도 카테리나는 팔을 놓아주지 않았다.

오히려 팔을 주무르던 그녀의 가늘고 여린 하얀 손이 어깨를 넘어 슬금슬금 가슴께까지 뻗어 오려 했다.

"그런데 저스틴은 어떻게 되었지?"

나이젤은 살며시 몸을 옆으로 빼며 물었다. 그러자 카테리나는 아쉬운 표정으로 나이젤의 가슴팍을 바라보다가 물러났다.

"저스틴 공자님은 어젯밤 바로 월버 영지에 돌아갔습니다."

"그래? 그래도 염치는 있었나 보네. 바로 돌아간 걸 보면."

일부러 저녁 시간에 왔다가 하룻밤도 못 자고 바로 떠났다니.

한밤중에 쓸쓸히 영지를 떠나는 저스틴의 모습을 떠올린 나이젤은 절로 웃음이 나왔다.

하지만 상대는 개차반 같은 성격으로 유명한 망나니 저스틴이었다.

과연 순순히 돌아갔을까?

"문제는 없었고?"

"네, 가리안 님이 조금 쓰다듬어 주시니 조용히 돌아갔습니다."

"하긴."

보나마나 힘으로 저스틴을 눌렀겠지.

애초에 저스틴이 노팅힐 영지에서 안하무인으로 날뛸 수 있었던 이유는 영웅급 무장인 월터가 있었기 때문이다.

그런데 월터가 나이젤에게 패하고 정신을 차리지 못하자, 가리안이 뒷수습을 한 모양이었다.

"그럼 월버 가문은 걱정할 필요 없겠군. 당분간 조용히 지내야 할 테니까."

슬쩍 나이젤의 입꼬리가 올라갔다.

이번 일을 계기로 월버 남작가는 기세가 죽을 수밖에 없었다.

왜냐하면 월버 영지에서 가장 강한 무장이 마나 홀을 파괴당하고 재기 불능 상태가 되었으니까.

'방해되는 놈은 가능하면 미리 싹을 잘라 놔야지.'

앞으로 두 번째 에피소드가 시작되면 월버 영지는 노팅힐 영지와 적대 관계가 된다.

거기다 영웅급 무장인 월터는 미래에 다리안 영주의 목을 날리는 인물이었다.

그래서 나이젤은 손속에 사정을 두지 않았다.

기사의 생명이라고도 할 수 있는 마나 홀을 파괴한 것이다.

두 번째 에피소드가 진행 중인 시기면 모를까, 현재 시점에서 아무리 생사를 건 결투라 해도 기사를 죽인다면 복잡한 일들이 생길 수 있었다.

일단 표면적으로는 동맹 관계였으니까.

그래서 다시는 오러를 사용할 수 없는 몸으로 만들어 주었다.

그 때문에 월버 가문에서 이를 갈 테지만, 단지 그뿐이었다.

영웅급 무장이 한 명 재기 불능의 상태가 되었으니, 조만간 우드빌 남작가를 시작으로 사방에서 견제가 들어올 것이다.

노팅힐 영지에 신경 쓸 여력 따윈 없을 터.

'약해지지 말자.'

나이젤은 마음속으로 다짐했다.

이 세계에서 살아남으려 하다 보면 손에 피를 묻히는 일이 생길 수 있었다.

거기다 이미 나이젤의 몸에서 눈을 뜬 진현은 수많은 몬스터들을 죽였다.

물론 인간과 비교 할 수 없지만 어쨌든 손에 피를 묻혔다는 사실에는 변함이 없었다.

앞으로 손에 피를 묻힐 대상이 인간이 된다고 해도 마찬가지.

이제 멈출 수 없었다.

이미 월버 영지와는 척지었고, 앞으로 시작될 난세에서 적을 죽이지 않으면 자신이 죽게 될 테니까.

"저스틴이나 월버 영지라면 이제 신경 쓰지 마라. 다시는 손대지 못하게 할 테니까."

나이젤은 카테리나를 향해 부드러운 목소리로 말했다.

월버 영지에서 뒷수습을 끝내고 다시 노팅힐 영지에 손을 대려고 할 때는 이미 늦어 있을 것이다.

그동안 나이젤도 더 강해져 있을 것이고, 노팅힐 영지도 지금보다 더 발전해 있을 테니까.

그리고 이제 저스틴의 방문이라는 급한 불을 끈 나이젤은 인재들을 영입하러 다닐 생각이었다.

당장 어제만 해도 스피어 마스터가 될 자질을 가진 카테리나를 영입하지 않았던가?

"예."

하지만 나이젤의 말에도 카테리나는 꼼지락거렸다.

아직 저스틴에 대한 두려움이 남아 있는 모양.

'얼마나 저스틴한테 시달렸으면.'

나이젤은 속으로 혀를 찼다.

그래도 시간이 지나면 카테리나의 상태는 호전될 것이다.

자신이 그렇게 만들 테니까.

하지만 카테리나의 상태는 나이젤이 생각하는 것과 조금 달랐다.

'아, 확인해 보고 싶은데.'

정말 나이젤의 몸이 회복되었는지를.

머리부터 발끝까지 꼼꼼하게 확인하고 싶었지만, 그러질 못해 꼼지락거리고 있었던 것이다.

"어디 안 좋아?"

나이젤은 고개를 갸웃거리며 카테리나의 이마에 손을 가져다 댔다.

열이라도 오른 것처럼 얼굴이 붉었고, 호흡도 나빠 보였으니까.

그리고 화들짝 놀랐다.

"뭐야? 열이 왜 이렇게 높아? 감기라도 걸린 거 아니야?"

생각보다 그녀의 이마가 뜨거웠기 때문이다.

"아, 아니에요."

"아니긴 뭐가 아니야. 나보다 더 상태가 나빠 보이는데? 일단 누워 봐."

방금 전까지 자신이 누워 있던 병실 침대에 손사래를 치는 카테리나를 붙잡아 눕혔다.

그 순간.

벌컥!

"나이젤 십부장!"

기다렸다는 듯이 병실 문이 활짝 열리며 한 무리의 사람들이 우르르 들어왔다.

다름 아닌 다리안 영주를 비롯한 백부장 가리안과 오십부장 해리였다.

때마침 나이젤은 카테리나를 강제로 침대에 눕히고 있는 중이었다.

마치 이 순간을 노린 것처럼 기가 막힌 타이밍에 들어온 그들은 멈칫거렸다.

찰나의 시간, 어색한 침묵 속에서 다리안 영주가 입을 열었다.

"험험! 이거 바쁜데 실례했군. 1시간 후쯤에 올 테니 천천히 즐기게나."

"잠깐 기다리시죠, 영주님!"

나이젤은 병실을 나서려는 그들을 붙잡았다.

그렇게 노팅힐 영주성 병실에서 작은 해프닝이 있은 후, 오후가 되자 포상식이 시작되었다.

*　　　*　　　*

다음 날.

나이젤은 영주성의 외벽 위를 한 바퀴 둘러보고 있었다.

'벌써 여기까지 왔구나.'

나이젤의 육체 안에서 눈을 뜬 후, 쉬지 않고 달렸다.

고블린 토벌전부터 시작해서 히든 던전 하나를 공략했고 저스틴까지 쫓아냈다.

그리고 어제 노팅힐 영지에서 거행된 포상식에서 다리안 영주가 파격적인 선언을 했다.

“노팅힐 영지군 나이젤 십부장은 영지를 위해 자신을 희생하여 우리들을 구하였다. 이에 십부장 나이젤에게 기사 작위를 수여하고 백부장으로 2계급 특진한다!”

다리안 영주뿐만이 아니라 백부장 가리안과 오십부장 해리도 동의한 일이었다.

보통 군에서 전공을 세워 백부장이 되면 기사 작위를 받는다.

반대로 기사 작위를 먼저 받으면 군에서 백부장급 지휘관으로 인정해 준다.

트리플 킹덤에서 무관은 기사 작위를 받은 인물들이었다.

그리고 가리안과 해리는 나이젤을 놓치고 싶지 않았다. 하루 휴가를 나간다 하고 복귀 시간이 되어도 돌아오지 않았을 때 얼마나 마음을 졸였던가.

진즉에 포상을 주고 진급을 시켜 줄걸 하며 후회했었다.

그리고 아무도 나이젤이 영지군의 백부장으로 진급하고 기사 작위를 받는다는 사실에 불만을 표하지 않았다.

나이젤의 활약을 알고 있었으니까.

고블린 토벌전에서 다리안 영주를 구하고, 챔피언을 쓰러트렸다.

거기다 노팅힐 영지를 깔보며 기고만장하기 짝이 없던 저스틴의 콧대까지 꺾어 주었다.

그렇게 나이젤은 노팅힐 영지군의 백부장이 됨과 동시에 기사가 되었다.

트리플 킹덤 세계관은 삼국지와 마찬가지로 영주가 곧 군주이기에 다리안 영주는 나이젤에게 기사 작위를 수여해 줄 수 있었다.

다만, 기사 작위만 받았을 뿐 귀족까지 된 건 아니었다. 그리고 다리안 영주가 파격 선언을 했을 때, 나이젤의 눈앞에 시스템 메시지가 떠올랐다.

[내정 시스템이 활성화됩니다.]

이제 본격적으로 인재를 영입하러 움직일 때가 온 것이다.

Chapter 7

[축하합니다. 당신은 다리안 영주에게 기사 작위를 수여받았으며 영지군의 백부장이 되었습니다. 보상으로 무력이 3포인트 상승하고, 통솔력이 5포인트 상승합니다. 그리고 전공 포인트 3,000을 지급합니다.]

[당신은 노팅힐 영지의 중요 인물로 성장하였습니다. 이제 영지 운영에 개입할 수 있게 되어 내정 시스템이 활성화됩니다. 영지 운영에 필요한 부서들을 설립할 수 있습니다.]

[현재 노팅힐 영지는 군사부와 재정부밖에 없습니다. 다양한 부서들을 설립하고 부서장들을 임명하십시오.]

[영지 부서]

1. 재정부장: 오십부장 해리.

2. 군사부장: 백부장 가리안, 나이젤.

3. 비활성화.

직위가 오르자 노팅힐 영지의 내정을 볼 수 있게 되었다.

시스템 메시지를 보면 알 수 있듯, 이제 나이젤은 영지 운영에 필요한 부서들을 설립하고 이를 관리할 인재들이 필요해졌다.

'이제 영지를 발전시킬 차례인가?'

나이젤은 영주성의 성벽 위에서 도시 전경을 내려다봤다.

노팅힐 영지는 거대한 성채 도시였다.

영주가 사는 성을 중심으로 수천 명이 넘는 인구가 모여 살고 있으며, 도시 외곽은 거대한 벽으로 둘러싸여 있었다.

'썩 좋은 상황은 아니지.'

현재 유일하게 재정부와 군사부가 돌아가고 있는 중이었다.

고유 능력 행정(B)을 가진 오십부장 해리 덕분에.

사실상 해리 혼자서 영지군뿐만이 아니라 영지의 살림살이까지 도맡아 운영하고 있었다.

'역시 인재가 부족해.'

부족한 걸로 치자면 한도 끝도 없었다. 식량도, 돈도, 하다못해 나이젤이 둘러보고 있는 이 성벽들도 보수가 시급한 상황이었다.

더욱이 앞으로 한 달 안에 기간테스 산맥에서 대규모 몬스터 무리들이 내려올 예정이지 않은가?

그때까지 해야 할 일이 산더미였다.

당장 병기 개발이나 성벽 및 도시 보수 공사도 해야 하고, 영지군 병사들을 늘리거나 강한 무장들을 영입할 필요가 있었다.
그뿐만이 아니다.
나이젤은 미션 창을 눈앞에 띄웠다.

[영지 미션: 성벽을 유지 보수하라!]
영주성의 성벽과 성채 도시의 외곽 벽 상태가 허술합니다.
성벽을 보수하고 강화시키십시오.
진행 사항: 영주성벽(61%/100%), 도시 외벽(45%/100%).
난이도: E.
보상: 1,000전공 포인트.

[영지 미션: 내정 부서를 설립하고 부장을 임명하십시오.]
노팅힐 영지를 운영하기 위한 부서가 필요합니다. 아직 설립되지 않은 부서들을 창설하고 부장들을 임명하십시오.
난이도: D.
보상: 각 부서당 500전공 포인트.

[영지 미션: 영지군 병사들을 늘려라!]
두 달 뒤에 있을 몬스터 웨이브를 막기 위해 영지군의 규모를 늘리십시오.
진행 사항(1): 병사(57/200).
진행 사항(2): 무관(2/5), 문관(1/5).
난이도: C.
보상: 3,000전공 포인트.

'흠. 잘됐네.'

영지 미션은 일종의 서브 퀘스트였다.

깨도 되고, 깨지 않아도 된다.

하지만 앞으로 시작될 난세를 대비하고, 한 달 뒤에 있을 몬스터 웨이브에서 살아남으려면 영지 강화는 필수였다.

어차피 해야 할 일들인데, 미션 클리어 보상으로 전공 포인트까지 받을 수 있게 된 것이다.

나이젤 입장에서는 나쁘지 않았다.

하지만 이 모든 것들을 나이젤이 혼자 할 수는 없는 노릇이었다.

당장 병기 개발과 성벽 보수를 나이젤이 직접 손으로 할 수 없지 않은가?

그래서 인재가 필요했다.

병기 개발과 성벽을 보수해 줄 대장장이들이나, 영지군 병사들을 모집해 줄 유능한 인재들이 말이다.

또한, 무장들까지도.

'그나마 카테리나를 영입해서 다행인가?'

어제 무사히 S급 무장이 될 수 있는 카테리나를 영입했다. 앞으로 한 달 동안 최대한 굴리면 가리안 백부장만큼은 강해질 수 있을 터.

하지만 아직 카테리나는 기사가 아니었기에 영지 미션 진행창에서 무관으로 카운트되지 않았다.

나이젤과 가리안이 무관으로 카운트되었고, 해리가 문관으로 카운트되어 있었다.

그리고 영지 강화를 위해선 어쩔 수 없이 돈이 필요했다.

현재 재정부에 있는 해리는 어디까지나 임시였다. 보다 더 유능한 인물을 재정부장으로 임명할 생각이었다.

즉, 각 분야의 전문 인력들만 나이젤이 영입하면 된다는 소리였다.

나머지는 그들에게 맡기면 되니까.

다행히 노팅힐 영주성이 있는 성채 도시에는 재야에 묻혀 있는 인재들이 꽤 있었다.

삼국지 게임으로 치면 영웅 집결 배경이었으며, 시나리오 적으로도 아직 초기였다.

그렇다곤 해도 다른 영지에 비하면 재야에 묻혀 있는 무장들이 적은 편이었고, 해리가 인재를 등용시키기에도 역부족이었다.

매력 수치가 35/42로 낮은 편인 데다가, 명성도 낮아 이름이 알려지지 않았으니까.

또한 인재를 등용하려고 해도 마지막에는 끝판왕 다리안 영주가 버티고 있었다.

그 때문에 대부분의 사람들은 오지 않으려 했다.

'하지만 그것도 오늘까지지.'

나이젤은 슬며시 입가에 미소를 지었다. 지금이라면 아직 재야에 묻혀 있는 유능한 인재들을 납치, 아니, 다양한 방법으로 등용시킬 수 있었다.

생각보다 빠르게 노팅힐 영지의 중추에 설 수 있었으니까.

그리고 이제 나이젤의 매력이 빛을 발할 시기이기도 했다.

인재를 영입하려면 매력 수치가 중요하니 말이다.
나이젤은 오랜만에 상태 창의 능력치들을 확인했다.

[능력치]
무력(59/60), 통솔(62/70).
지력(72/90), 마력(58/85).
정치(62/90), 매력(62/99).

처음 능력치들을 확인했을 때보다 대폭 상승해 있었다.
특히 지력과 정치, 매력은 3배가량 상승했으며 무력은 거의 한계치였다.
'나쁘지 않아.'
나이젤은 만족스러운 미소를 지었다.
예상보다 성장 폭이 빨랐다.
아마 나이젤이 현대인이고 트리플 킹덤에 대해 잘 알고 있었기 때문에 지력, 정치, 매력 능력치가 빠르게 성장한 모양이었다.
거기다 영지군을 구하고, 영웅급 무장인 호위 기사 월터를 쓰러트리면서 통솔력도 상당히 올라갔다.
'하지만 이제부터가 시작이지.'
트리플 킹덤에서 본격적으로 능력치를 올리기 힘든 구간은 70부터였다.
특히 잠재력 한계치에 가까워질수록 1포인트를 올리기 힘들었다.
다른 능력치에 비해 무력 성장 폭이 낮다는 것만 봐도 알 수 있지 않은가.

그래서 까망이가 필요했다.

부족한 무력을 채워야 했으니까.

'한계 돌파를 하는 방법도 있지만 아직은 때가 아니지.'

인간이 가진 최대 한계치인 99까지라면 돌파할 수 있는 방법이 몇 가지 있었다.

또한, 최대 한계치인 99를 돌파할 수 있는 방법까지도.

하지만 일단 지금은 자신이 강해지는 것보다 인재들이 더 필요했다.

'누굴 먼저 영입할까.'

나이젤은 생각에 잠기며 다리안 영주로 플레이했을 때 영입한 인재들을 떠올려 봤다.

가장 먼저 인재를 영입해야 할 부서는 인사부였다.

주요 인물들은 나이젤이 영입한다고 해도, 기타 잡다한 일들을 시킬 인재들을 영입하거나 적재적소에 인원을 배치시켜 줄 인사부 쪽 인재들이 필요했으니까.

그리고 인사부장은 적당히 머리가 좋고, 적당히 매력도 있어야 하며 마구 굴릴 수 있는 인물이어야 했다.

'역시 그놈밖에 없겠지?'

나이젤은 입꼬리를 슬며시 올렸다.

인사부장에 걸맞은 인물이 떠올랐기 때문이다.

* * *

노팅힐 영주성의 연병장.
"빨리빨리 안 움직여?"
그곳에서 딜런의 우렁찬 목소리가 터져 나오고 있었다.
어제 포상식에서 딜런은 1계급 진급을 하여 십부장이 되었다.
그것도 나이젤 직속부대로.
그리고 딜런을 포함한 십인대는 대부분 나이젤이 십부장으로 있을 때부터 있던 인물들이었다.
"딜런 십부장님, 이제 좀 쉬지 말입니다."
십인대 중에서 딜런 다음 고참인 에반이 지친 표정으로 말했다.
"이제 고작 연병장 10바퀴밖에 못 돌았는데 쉬긴 뭘 쉬어! 10바퀴 다시 추가다!"
"윽!"
딜런의 말에 십인대 대원들은 다양한 반응을 보였다.
질색하며 얼굴을 찌푸리는 자, 힘들어 죽겠다는 표정을 짓는 자 등등.
대부분이 십인대 안에서 고참병들이었으며, 다들 빡빡하게 이어지는 훈련에 대해 불만이 가득했다.
반면 트론을 비롯한 신참 하급병들은 묵묵히 훈련에 임하고 있었다.
"이 새끼들이 표정 관리 똑바로 안 해? 힘드냐?"
"아니, 그게 아니라 그냥 잠시 좀 쉬면 안 됩니까? 아침부터 계속 훈련만 하고 있지 않습니까?"
"싫으면 내 부대에서 나가든가. 아직 나이젤 백부장님이 요구

한 훈련량도 못 채운 거 알지? 못 하겠으면 그냥 나가, 이 새끼들아. 나도 필요 없어.”

“아, 왜 그렇게 까칠하십니까? 못 하겠다는 게 아니라 그냥 조금만 쉬자고 하는 거지.”

“하면 될 거 아닙니까, 하면!”

고참병들 사이에서 볼멘소리가 터져 나왔지만, 그뿐이었다.

그들도 포기할 생각은 없었다.

그들 모두 고블린 토벌전에서 나이젤에게 목숨을 구원받은 자들이었으니까.

‘강해져야 돼.’

다시 십인대를 다독이며 달리기 시작한 딜런은 이를 악물었다.

사실 딜런 또한 쉬고 싶었다.

하지만 쉴 수 없었다.

고블린 토벌전에서 자신들을 구하기 위해 만신창이가 된 나이젤을 보고 다시는 그런 일이 없도록 강해지기로 다짐했다.

그런데 결과는 어떤가?

‘지켜 드리지 못했다.’

다짐한 지 불과 며칠도 안 돼서 나이젤은 또다시 만신창이가 되어 병원에 신세를 졌다.

월버 영지에서 온 영웅급 무장 월터를 쓰러트리면서.

그때 딜런은 다른 병사들과 함께 환호성을 내질렀다.

노팅힐 영지를 우습게 보던 월터와 저스틴의 콧대를 납작하게 만들어 주었으니까.

하지만 나이젤이 또 무리를 해서 다쳤다는 사실에 고개를 들 수 없었고, 다시 한번 강해져야 한다는 것을 깨달았다.

자신들이 강하지 못해서 저스틴과 월터가 노팅힐 영지를 우습게 보았으며, 그 때문에 결과적으로 나이젤이 다쳤으니까.

바로 그 점이 문제였다.

그들의 싸움에 딜런은 감히 끼어들 엄두도 내지 못했다. 나이젤이 강하다는 사실은 인지하고 있었지만, 월터와의 싸움에서 확실히 알 수 있었다.

불과 하루 만에 나이젤이 전과는 비교도 할 수 없을 정도로 강해져서 돌아왔다는 사실을.

차이가 벌어지고 만 것이다.

이대로라면 자신들이 나이젤을 지켜 주기는커녕, 앞으로도 계속 나이젤이 몸을 망쳐 가며 자신들을 구할 것이다.

그러니 쉬고 있을 여유는 없었다.

나이젤을 지키고, 노팅힐 영지를 지켜 낼 수 있을 정도로 강해져야 했다.

그래서 자신이 이끄는 십인대만큼은 빡세게 굴리고 있는 중이었다.

그리고 쉴 수 없는 이유가 하나 더 있었다.

"너희들, 카테리나 님에게 뒤처지면 내 손에 죽는다. 알았냐?"

놀랍게도 나이젤이 영입한 카테리나도 이를 악물고 훈련을 받고 있었다.

그녀는 창술에 재능을 가지고 있었지만, 기초체력이 부족한 탓에 육체 단련을 기본적인 창술 훈련과 병행하기로 했다. 그동안 나이젤은 그녀가 배울 상급 창술서를 구할 생각이었다.

"넵!"

딜런의 말에 십인대원들은 뭐라 할 말이 없었다.

비록 카테리나는 영지군 병사들과 함께하지는 않았지만, 처음 훈련을 받는 것치고는 잘 따라오고 있었다.

하지만 그런 그녀의 모습은 딜런이 보기에도 섬뜩했다.

남자라도 혀를 내두를 힘든 훈련을 악착같이 버티고 있었으니까.

'나도 질 수 없지.'

딜런은 이를 악물었다.

나이젤 백부장이 직접 영입해 올 정도였으니 평범한 여인은 아닐 것이다.

하지만 그렇다고 질 생각은 없었다.

자신들을 지키기 위해 무리한 끝에 중상을 입은 나이젤을 떠올리며 딜런은 훈련에 박차를 가했다.

그리고 그 모습을 멀리서 지켜보고 있는 사람이 있었다.

'뭐지? 미쳤나?'

다름 아닌 나이젤이었다.

나이젤은 떨떠름한 표정을 지었다.

잠시 연병장에 볼일이 있어 왔다가 딜런의 모습이 보이자 시스템 메시지가 떠오르기 시작했다.

[십부장 딜런의 충성도가 1 오릅니다.]

[십부장 딜런의 무력이 1 오릅니다.]

[십부장 딜런의 충성도가…….]

딜런의 무력과 충성도가 1씩 상승했다며 시끄럽게 메시지가 떠올랐던 것이다.

그리고 급기야.

[축하합니다! 당신의 부하 십부장 딜런의 등급이 한 단계 상승했습니다!]

딜런의 등급이 상승했다는 메시지까지 떠올랐다.

'등급이 올랐다고?'

나이젤은 놀란 표정을 지었다.

설마 등급까지 상승할 줄이야!

딜런을 비롯한 십인대들은 하급 검병 수준이었다.

그나마 예전 나이젤 십인대들이라 이 정도지 다른 병사들은 최하급으로 사실상 민병이나 다름없었다.

그런데 방금 전 딜런이 하급 검병에서 중급 검병으로 성장한 것이다.

'대체 얼마나 훈련을 했으면 등급이 올라?'

최소 무력 50은 되어야 중급 검병이 될 수 있으며 무력 60이 되면 상급 병사가 될 수 있었다.

그리고 무력이 70에 도달하면 최상급 병사가 되는데 이쯤 되면 전장에서 구를 대로 구른 고인물들이었다.

최상급 병사들은 어지간한 평기사보다 더 강했다.

'게임에서 보지 못한 인물이었는데.'

트리플 킹덤에서 십부장 나이젤을 비롯한 십인대들은 그저 들러리에 지나지 않았다.

초반 고블린 토벌전에서 대부분 사망하고, 그 이후에 이어지는 몬스터 웨이브에서 전부 사망하면서 끝난다.

플레이어에게 이름조차 남기지 못한 엑스트라 병사들.

십인대의 무력은 대체로 40 초반이었고, 그나마 딜런이 40 중반 정도였다.

그런데 설마 중급 검병으로 성장하는 인물이 나올 줄이야.

[딜런 십인대들은 당신에게 충성과 존경, 숭배심을 가지고 있습니다. 그들의 신뢰감에 따라 성장 포인트가 가산되었습니다.]

[팁: 그들을 항상 지켜보고 지켜 주십시오. 당신에 대한 그들의 믿음이 강하면 강할수록 빠르게 성장할 수 있으며 이는 당신을 지켜 줄 힘이 될 것입니다.]

'호감도 시스템이 이런 거였나?'

이거 정말 좋은데?

나이젤은 절로 입가에 미소가 지어졌다. 호감도 100을 찍으면 충성도나 숭배심, 혹은 그 외 아직 알려지지 않은 다른 무언가로 진화했다.

그런데 단순히 진화로 끝나는 게 아니라 충성도나 숭배도에 따라 빠르게 강해질 수 있다고 하지 않는가?

그 말은 나이젤이 활약해서 병사들의 충성을 얻으면 그만큼 그들을 빠르게 성장시킬 수 있다는 소리였다.

'그래, 처음에만 고생하자.'

어차피 초반에는 힘들 수밖에 없었다. 노팅힐 영지 환경 자체가 열악했으니까.

당장 병사들 숫자도 적은 데다가, 영지 근처에 자원도 없었다.

그러니 유능한 인재들을 일단 붙잡아, 아니, 영입하게 되면 알아서 잘 영지를 운영할 것이다.

하지만 다른 건 몰라도 재정 부서만큼은 계산이 빠르고 유능한 인물을 붙일 생각이었다.

오십부장 해리는 임시였으니까.

'머리 복잡한 건 전문가한테 맡겨야지.'

어둠의 행정가나, 철혈의 재상, 백금의 악마 등등.

트리플 킹덤 세계에는 경제나 돈, 정치에 관한 확고한 이론과 전문적인 지식을 가진 인물들이 존재했다.

그들 중 하나를 잡아 와서 재정부에 꽂아 놓고 굴리면 될 터.

만약 자신의 생각만큼 일을 하지 못한다고 해도 상관없었다.

그때는 해고해 버리면 되니까.

'다른 영지였으면 뭐라도 쓸 만한 게 있었을 텐데.'

나이젤은 아쉬운 표정을 지었다.

트리플 킹덤 게임의 각 영지들은 몇몇 특징들을 가지고 있었다.

가령 어느 영지는 뒷산에 드래곤이 살고 있어서 특정 조건을 충족시키면 훌륭한 조력자로 영입이 가능하다.

하지만 드래곤은 오만하기로 유명한 규격 외 존재.

경솔하게 함부로 접근했다간 오히려 영지가 초토화될 수 있었다.

'우리 영지 뒷산엔 뭐가 있더라.'

아무것도 없었다.

성채 도시 뒤편에는 드래곤도, 몬스터도 없는 청정한 산이 하나 있을 뿐이었다.

그리고 어느 영지는 강 건너에 비옥한 토지가 있는데, 오크들이 살고 있어서 개척하지 못하는 경우도 있었다.

그럴 경우 군사력을 늘려서 나중에 오크들을 제압한 다음 노예로 만들어서 토지 개척을 시키면 된다.

결과적으로 비옥한 토지와 함께 훌륭한 노동력을 손에 쥘 수 있는 것이다.

'우리 영지도 강 건너에 비옥한 토지가 있긴 하지.'

다만 문제는 강 건너 비옥한 토지에는 주인이 있었다.

삼국지로 치면 손견 포지션인 팬드래건 공작 가문의 대영지가 있었으니까.

그 때문에 강 건너로 넘어갈 수도 없었다.

그뿐만이 아니라 어느 영지에는 엘프들이 사는 숲이 있어서 궁술이나 마법 능력이 뛰어난 아름다운 엘프 용병들을 고용할 수 있었다.

하지만 동오의 덕왕 엄백호 포지션인 다리안 영주의 영지에 그런 형편 좋은 것들은 거의 없었다.

'그래도 까망이를 얻은 게 어디야?'

나이젤은 거의 아무것도 없는 노팅힐 영지에, 그나마 침묵의 숲 히든 던전이 있었다는 사실을 위안거리로 삼았다. 덕분에 귀여운 까망이를 얻을 수 있었으니까.

그마저도 진현이 트리플 킹덤 게임을 백 번쯤 플레이한 덕분에 알게 된 정보였지만 말이다.

'초반만 고생하자, 초반만.'

인재들을 영입하기 시작하면 지금보다 나아지겠지.

그렇게 나이젤은 긍정적으로 생각하며 연병장에 있는 십인대를 바라봤다.

'판을 다시 짜야겠어.'

의외의 수확이라고 한다면 십인대가 빠르게 성장하고 있다는 사실이었다.

사실 큰 기대는 하지 않았다.

단지, 몬스터 웨이브가 오기 전, 남은 2개월 동안 빡세게 굴려서 쓸 만한 병사로 만들 생각뿐이었다.

그런데 예상보다 빠르게 십인대가 강해지고 있었다. 딜런의 뒤를 이어 다른 십인대 병사들도 중급 병사로 승급할 조짐이 보였던 것이다.

'지금보다 더 빡세게 굴려야겠군.'

최소 영지군 전원이 중급 병사가 되고, 십부장들이 상급 병사가 되는 게 가장 베스트였다.

물론 영지군 숫자도 지금보다 더 늘리고 말이다.

그만큼 들어가는 돈이 많아지겠지만 일단 약 2개월 뒤에 있을 몬스터 웨이브에서 살아남아야 하지 않겠는가?

"나이젤 백부장님, 무슨 일이십니까?"

그때 나이젤을 발견한 딜런이 다가오며 말을 걸었다.

"볼일이 좀 있어서. 애들 몇 명 좀 빌리자."

"무슨 일로 데려가시는 겁니까?"

의아한 표정으로 딜런이 반문하자 나이젤은 입꼬리를 씩 말아 올리며 답했다.

"비밀."

그 모습에 딜런은 흠칫거렸다.

항상 나이젤이 사고 치기 전에 짓던 미소였으니까.

"이번엔 또 무슨 사고를 치시려고……."

"야, 너 나 못 믿냐? 나 이제 사고 안 쳐."

사고는 내가 아니라 너희가 쳐야지.

마지막 말을 속으로 삼키며 나이젤은 연병장을 뛰고 있는 십인대원들을 바라봤다.

딜런을 포함해서 한두 명 정도 더 데리고 밖에 나갈 생각이었다.

'카테리나도 잘하고 있나보네.'

나이젤이 연병장에 온 걸 본 카테리나는 더욱 이를 악물었다.

아직 훈련 할당량을 채우지 못한 것도 있고, 열심히 하고 있는 모습을 보여 주고 싶었으니까.

'어?'

그때 나이젤의 눈에 의외의 인물이 보였다.

"저 인간 뭐야? 왜 아직도 남아 있어?"

"예?"

"저 인간 말이야."

나이젤은 십인대 후미에서 흐느적흐느적 달리고 있는 인물을 가리켰다.

전(前) 오십부장 제임스였다.

나이젤이 아니었으면 영지군을 전멸시켰을지도 모르는 인물.

그 때문에 백부장 가리안에게 말단 병사로 강등당했었다.

'이미 한참 전에 영지군을 떠난 줄 알았는데.'

설마 아직도 영지군에 남아 있었을 줄이야.

"제임스 오십부장님이라면 말단이 되었다고 해도 떠나지 못할 겁니다."

"왜?"

"노팅힐 영지가 고향이시거든요."

"하."

딜런의 대답에 나이젤은 작은 탄성을 내뱉으며 제임스를 바라봤다.

설마 노팅힐 영지가 고향이었다니.

"떠날지, 안 떠날지는 지금부터 알아보면 되지. 가서 수통 좀 가져와 봐."

나이젤은 딜런에게서 수통 몇 개를 뜯어낸 후, 제임스를 향해 다가갔다.

그리고 제임스에게 수통을 내밀었다.

"너, 너는?"

제임스는 흠칫 놀란 표정으로 나이젤을 바라봤다.

"힘들죠? 한 통 받으세요."

나이젤은 미소를 지으며 재차 수통을 건넸다.

"흐, 흥! 이런 걸로 내가 고마워할 거라고 생각하지 마라."
제임스는 마지못한 표정으로 수통을 낚아채듯이 받았다.
이미 열 바퀴 이상 연병장을 돌아서 목이 마른 이유도 있었지만, 제임스는 실리를 추구하는 자였다.
알량한 자존심을 내세워 굴러 들어온 기회를 걷어찰 생각은 없었다.
벌컥벌컥.
제임스는 눈 깜짝할 사이에 수통 하나를 비웠다.
"한 통 더 받으세요."
나이젤은 다시 수통을 내밀었다.
처음이 어려웠을 뿐이지 두 번째는 쉬웠다.
제임스는 바로 두 번째 수통을 비웠다. 수통 두 개를 연거푸 마시자 슬슬 물배가 차올랐다.
충분히 수분을 보충한 제임스는 나이젤을 바라봤다.
그런 그의 눈앞에 수통이 하나 더 내밀어졌다.
"한 통 더."
"이제 그……."
"상급자가 마시라고 하는데 싫습니까?"
"……!"
말허리를 자르고 들어온 나이젤의 말에 제임스는 움찔거렸다.
지금까지 정치질을 하며 살아온 덕에 단련된 그의 감각이 경고하고 있었다.
거부하면 안 된다고.
제임스는 수통을 입에 가져다 대고 한 모금 마셨다.

"푸흡! 쿨럭쿨럭!"

그 순간 입안에 넣은 내용물을 내뱉으며 기침했다.

'뭐, 뭐야, 이거? 술?'

제임스는 나이젤을 바라봤다.

'마셔.'

차갑게 빛나는 나이젤의 눈빛은 그렇게 말하고 있었다.

뿐만 아니라 쐐기를 박아 왔다.

"싫어? 싫으면 나가든가."

'날 내쫓을 셈이구나!'

노팅힐 영지군에서!

오십부장까지 올라갔던 나를!

벌컥벌컥!

제임스는 눈 딱 감고 수통에 든 술을 비워 냈다.

"크하!"

식도가 타는 듯 뜨거웠고, 배 속이 뒤집어질 것 같았다.

"그걸 또 마시라고 하니까 다 마시네."

'이 새끼가?'

역류할 것 같은 속을 겨우겨우 다스리며 제임스는 나이젤을 노려봤다.

하지만 그뿐.

지금 자신은 말단 병사로 강등된 상태이며, 상대는 기사 작위까지 받고 백부장자리까지 치고 올라간 노팅힐 영지의 영웅이었으니까.

"한 통 더 하지?"

"……!"

나이젤이 내민 수통을 바라보는 제임스의 눈동자가 지진이 일어난 것처럼 흔들렸다.

이제 정말 한계였으니까.

하지만 이걸 마시지 못하면 쫓겨난다. 자신을 내쫓는 것쯤 지금의 나이젤이라면 손쉽게 할 수 있을 테니까.

'젠장!'

제임스는 나이젤이 내민 수통을 낚아채더니 그대로 입안에 털어 넣었다.

"어?"

하지만 이내 의아한 표정을 지었다.

수통이 비어 있었기 때문이다.

"당신은 배알도 없나? 왜 시키는 대로 하지?"

제임스는 나이젤을 올려다봤다.

어딘가 못마땅한 얼굴로 자신을 바라보고 있는 청년.

한때 망나니라고 무시받던 인물의 가슴에는 백부장과 기사 작위를 증명하는 계급표가 붙어 있었다.

"저는 영지군을 나갈 생각이 없습니다."

제임스는 마지못한 표정으로 나이젤에게 존대를 하며 답했다.

이제 나이젤이 상급자임은 부정할 수 없는 사실이었기 때문이다.

"이곳에 남아 봤자 당신이 얻을 게 뭐가 있는데?"

"가족들의 안전…입니다."

"뭐?"

생각지도 못한 대답이었다.

나이젤은 살짝 놀란 표정으로 제임스를 바라봤다.

"성채 도시에 가족들이 살고 있습니다. 나는 그들을 지켜야 합니다."

노팅힐 영지에는 여우 같은 아내와 담비 같은 딸이 있었다.

제임스는 가족을 지키기 위해 노팅힐 영지군에 들어온 것이다.

하지만 나이젤은 눈살을 찌푸렸다.

"가족을 지키겠다는 사람이 병사들을 사지로 내몰아? 가족보다 먼저 병사들을 지켜야 될 거 아니야! 병사들이 없으면 당신 가족이나 영지는 누가 지킬 건데?"

"그, 그건……."

제임스는 입이 열 개라도 할 말이 없었다. 영지군 병사들이라면 다소 돌발 상황이 발생하더라도 대처할 수 있을 줄 알았다.

상대는 고작 고블린이었으니까.

하지만 무턱대고 병사들을 숲에 밀어 넣었으면 전멸했을지도 모른다는 사실이 밝혀졌다.

명백한 제임스의 판단 착오였다.

"실수였습니다."

단 한마디만 겨우 내뱉은 제임스는 입을 꾹 다물었다.

그는 단순하지만 잔머리가 잘 돌아가는 인물이었다. 정치질로 영지군 간부까지 올라간 이유도 단순히 가족들을 지키기 위함이었다.

그런데 나이젤의 말대로 공에 눈이 멀어 아무런 작전도 없이 고블린과 싸우려고 했다.

만약 그랬다면 영지군은 엄청난 피해를 입었을 터.

그 때문에 제임스는 책임을 피하지 않았다.

말단 병사로 강등되었으며, 그날 이후 연병장 뺑뺑이를 매일 돌았다.

병사들을 위험에 빠뜨릴 뻔한 책임을 지기 위해서.

나이젤의 벌주를 거절하지 않은 것도 같은 이유였다.

"그래도 책임감은 느끼고 있어서 다행이군."

나이젤은 연병장 바닥에 주저앉아 있는 제임스를 가만히 내려다봤다.

비록 고블린 토벌전에서 멍청한 짓을 하려고 하긴 했지만 제임스 또한 영지를 지킨다는 생각에는 변함이 없었다.

가족을 지키겠다는 일념 하나로 영지군에서 나가지 않고 악착같이 버티고 있었다.

오로지 혼자서.

"제임스 오십부장, 당신이 잘하는 걸 하고 싶은 생각은 없나?"

"잘하는 거라니요?"

갑작스러운 나이젤의 말에 제임스는 어리둥절한 표정으로 반문했다.

그런 그에게 나이젤은 씩 웃으며 입을 열었다.

"정치질."

처음으로 외교부의 노예, 아니, 인재가 등용되는 순간이었다.

*　　　*　　　*

연병장에서 볼일을 마친 나이젤은 오십부장 해리의 집무실로 향했다.

앞으로 영지 발전에 관한 논의로 이야기할 것들이 있었기 때문이다.

'일단 필요한 부서부터 순차적으로 만들어야 돼.'

당장 몬스터 웨이브를 막는 데 필요한 부서는 인사부와 개발부였다.

인사부는 다양한 인재들을 등용시킬 수 있으며, 개발부는 성벽보수와 더불어 각종 병기들을 생산할 수 있었으니까.

인사부에서 재야에 묻혀 있는 인물들을 영입하고, 개발부에서 영지군이 쓸 무기를 개량하거나 생산하게 만들 생각이었다.

몬스터 웨이브를 막기 위해서.

'나머지 부서들도 천천히 판을 깔아야지.'

부서 설립에는 많은 돈이 들어가는 데다가 몬스터 웨이브를 막는다고 해서 끝이 아니었다.

그 이후의 일도 조금씩 준비해 둘 필요가 있었다.

그래서 제임스에게 미리 이야기해 뒀다. 몬스터 웨이브 이후 외교부를 설립했을 때 바로 움직일 수 있도록 준비하고 있으라고.

물론 제임스를 약 두 달 동안 방치할 생각은 없었다.

지금 당장은 외교부가 없지만, 그렇다고 제임스가 일을 하지 못하는 건 아니었으니까.

몬스터 웨이브가 시작하기 전에 다른 영지로 지원 요청을 보낼 생각이었다.

지금까지 영지군에서 정치질 하나로 먹고 살아왔으니 어느 정도 성과를 보일 터.

'그 전에 해결해야 할 문제가 있지만.'

노팅힐 영지의 성채 도시 치안은 솔직히 좋지 않았다.

다리안 영주가 우유부단하고 강하게 나가지 못하는 착한 성격 때문에 무능하다는 건 지나가던 동네 꼬마도 아는 사실이다.

그 때문에 다리안 영주를 만만하게 본 범죄자들이 성채 도시 안에 스며들어 왔다.

그들은 뒷세계에 자기들끼리 몇몇 조직을 만들었으며, 그렇게 뒤에서 암약하는 이들만 전체적으로 이백 명이 넘었다.

그 때문에 영지군도 그들을 함부로 건드릴 수 없었다.

숫자 차이만 2배가 넘게 났기에 이들을 소탕하려면 적지 않은 피해를 감수해야 했기 때문이다.

거기다 성채 도시에 살고 있는 영지민들에게도 상당한 피해가 생길 수 있었다. 그 때문에 암흑가 조직들이 크게 사건을 일으키지 않는 이상 건드리지 않기로 한 것이다.

암흑가의 조직들 또한 영지군과 충돌이 생기지 않게 음지에서 조용히 활동했다.

하지만.

'엔젤 더스트가 돌기 전에 결판을 내야 해.'

엔젤 더스트.

천사의 가루라고 불리는 각성제이다.

중독성이 강한 데다가 이성을 흐리게 만들고 흉폭화시킨다.

거기다 신체 능력까지 증폭시켜 주는 효과가 있다.

때문에 굉장히 위험한 약물이었다.

그리고 몬스터 웨이브가 시작하기 약 보름 전에 돌발 이벤트 황색 혁명이 시작되면 성채 도시 안에서 엔젤 더스트에 중독된 각성자들이 대거 발생한다.

노팅힐 영지 내에서 가장 큰 암흑가의 조직인 황색단이 엔젤 더스트를 유출해 오고 있었기 때문이다.

당장 보름 뒤에 몬스터들을 상대해야 하는 판에 대규모 각성자 사건이라니!

고블린 토벌전부터 시작해서 월버 영지의 망나니 공자 이벤트까지 아득바득 클리어한 유저들은 대략 이쯤 되면 정신이 멍해진다.

황색 혁명 이벤트가 시작되었을 때는 이미 뒷수습이 불가능할 정도로 상황이 심각해져 있었기 때문이다.

엔젤 더스트에 중독된 수많은 영지민들이 미쳐 날뛰고, 심지어 영지군 병사들도 섞여 있었다.

가뜩이나 쓸 만한 무장도 없어서 힘든 판에 엔젤 더스트까지 나돌자 게임이 개판되는 건 한순간이었다.

도저히 보름 뒤에 몰려들 몬스터와 싸울 수 없는 상황.

대부분의 유리 멘탈 유저들은 여기서 개발자들을 욕하며 게임을 포기한다.

게임을 다시 로드해서 플레이를 해도 결과는 변하지 않았으니까.

왜냐하면 누가 엔젤 더스트를 유통한 건지, 엔젤 더스트의 정체가 무엇인지, 언제부터 엔젤 더스트가 나돌고 있었는지 플레이어가 직접 조사를 해야 했기 때문이다.

오직 플레이어가 다리안 영주를 직접 조작해서 형사들이 벌이는 탐문 수사처럼 일일이 조사를 해야 했다.

진현 또한 세이브 로드를 반복하며 사건 조사 노가다를 한 끝에 황색 혁명 이벤트를 클리어할 수 있었다.

'이건 진짜 개발자 놈들이 욕 처먹어도 할 말이 없지.'

비단 황색 혁명 이벤트뿐만이 아니라, 다리안 영주로 엔딩을 본 진현은 수차례 혀를 내둘렀다.

정말 다리안 영주로 게임을 클리어할 수 있을지 의심스러울 정도로 난이도가 괴랄 했으니까.

'일단 황색단 놈들부터 조지자.'

황색 혁명 이벤트까지 남은 기간은 두 달 반.

하지만 실제로 노팅힐 영지에서 엔젤 더스트가 본격적으로 나돌기 시작하는 시점은 대략 한 달 뒤쯤이다.

즉, 현재도 이미 엔젤 더스트가 조금씩 풀리고 있는 상황이었다.

'이번 일만 잘하면 최소 두 명은 얻을 수 있고.'

거기다 황색 혁명 이벤트를 해결하면 나이젤이 인사부장으로 영입하려고 했던 인물과 앞으로 계속 나이젤을 보좌할 비서도 얻을 수 있었다.

그렇다면……

'굳이 이벤트 시작 때까지 기다릴 필요도 없지.'

지금은 게임이 아니다.

현실이다.

이벤트가 시작하기 전에 먼저 황색단을 족치면 되는 일이었다.

이미 놈들에 대해서라면 잘 알고 있었으니까.

문제는 놈들의 규모가 커서 현재 영지군이 함부로 건드릴 수 없다는 사실이었지만.

'계획은 이미 세워 놨으니 말이야.'

나이젤은 속으로 씩 미소를 지었다.

남은 건, 차근차근 작전을 진행하면 될 뿐.

벌컥!

어느덧 오십부장 해리의 집무실 앞에 도착한 나이젤은 문을 열고 들어갔다.

집무실 안에서 한창 서류를 보던 해리는 문 열리는 소리에 눈알을 부라리며 고개를 들었다.

"아니, 어떤 놈이 막 들어오고 지랄… 아이고, 이게 누구십니까? 나이젤 백부장님 아니십니까?"

나이젤을 확인한 해리는 반색했다.

어울리지 않는 존댓말과 태도.

그리고 마치 다 큰 동생을 바라보는 눈빛인 해리의 모습에 나이젤은 떨떠름한 표정을 지었다.

"그런데 무슨 일로 오셨습니까?"

"부탁 좀 할 게 있어서."

하지만 나이젤은 자연스럽게 하대를 하며 용건을 말했다.

직급도 나이젤이 백부장으로 높아진 데다가 기사 작위까지 받았으니까.

이제 신분적으로도 나이젤이 해리보다 높았다.

"부탁요?"

의아한 표정으로 반문하는 해리에게 나이젤은 웃어 보였다.

"오랜만에 청소 좀 했으면 하는데. 쥐새끼들이 꼬이지 않게."

* * *

집무실에서 해리에게 앞으로 부서 설립에 관한 이야기와 부탁 한 가지를 한 나이젤은 볼일을 위해 영주성을 빠져나왔다.

"나이젤 백부장님, 지금 우리 어디 가는 겁니까?"

나이젤의 곁에는 딜런과 트론, 그리고 카테리나가 따라오고 있었다.

제임스와 이야기를 나눈 후, 나이젤은 십인대원 두 명을 빌리려고 했다.

그런데 딜런과 카테리나가 한사코 자신들도 같이 가고 싶다고 매달리는 통에 십인대원 중에선 트론만을 차출하여 밖으로 나왔다.

"우선 빈민가 쪽으로 순찰하러 갈 거야."

"나이젤 백부장님이 순찰이요? 술 마시러 가는 거 아니었습니까?"

"이 새끼가?"

나이젤은 딜런을 향해 눈을 부라렸다.

하지만 딜런은 믿기지 않는다는 표정을 지었다.

보통 나이젤이 영주성 밖으로 나올 때는 순찰 임무 같은 건 내팽개치고 주점에 가는 경우가 많았기 때문이다.

"개소리는 오늘 밤 술이나 퍼마셨을 때 하고, 그냥 따라와. 순찰 돈 다음에 너희들이 해야 할 일이 있으니까."

"네."

대답은 트론이 했다.

나이젤을 숭배하고 있는 트론은 딜런과 다르게 고분고분한 모습을 보였다.

그리고 카테리나는 그저 조용히 나이젤의 등 뒤를 따르고 있을 뿐.

오직 딜런만이 의심쩍은 표정으로 나이젤을 바라봤다.

이들 중에서 나이젤과 오랜 시간을 보낸 사람은 딜런이었다.

그 덕분에 나이젤과 딜런은 서로 편하게 대했다.

"정말 사고 치려고 하는 건 아니죠?"

"거참, 걱정 말래도 그러네. 나 이제 사고 안 친다니깐?"

사고 치는 건 너희들이니까.

나이젤은 씩 웃으며 딜런과 트론을 바라봤다.

그 미소에 딜런은 온몸에 솜털이 섰다.

위기 감지 능력이 발동한 것이다.

딜런은 걱정과 불안이 담긴 눈으로 나이젤을 바라봤다.

"별거 아닌 일이니까 걱정하지 마. 그보다 오늘 밤을 기대하라고. 내가 아주 크게 쏠 테니까."

나이젤은 즐거운 미소를 지으며 말했다. 연병장에 갔을 때, 딜런 십인대원들에게 자신이 평소 자주 가는 주점에 오라고 말해

두었다.

자신을 비롯해서 딜런이 진급한 기념으로 한턱 쏘겠다고 말한 것이다.

당연히 십인대원들은 환호했다.

영주성 밖으로 나갈 수 있는 데다가 술까지 마실 수 있었으니까.

"알겠습니다."

딜런은 한 걸음 물러났다.

자신은 군인이었다.

상관이 까라면 깔 수밖에 없었다.

'알아서 잘하시겠지.'

최근 들어 딜런은 나이젤이 좀 변했다는 사실을 느끼고 있었다.

다행인지 불행인지는 모르겠지만 좋은 쪽으로 변했고, 근본적인 면은 거의 그대로였다.

그러니 나이젤을 믿기로 했다.

[딜런의 충성도가 1 오릅니다.]

'머리는 거부해도 마음은 정직하네.'

갑작스럽게 눈앞에서 딜런의 충성도가 올랐다는 메시지가 떠오르자 나이젤은 피식 웃었다.

그사이 나이젤 일행은 시장 거리에 들어섰다.

시장 거리에는 많은 사람들이 있었다.

여러 장사꾼들이 물건들을 팔고 있었으며, 얼굴에는 다들 활기가 넘쳤다.

'나쁘지 않아.'

대부분의 노팅힐 영지민들은 먹고살기가 팍팍했다.

이렇다 할 특산품이 있는 것도 아니었고, 무능한 다리안 영주가 다른 영지에게 이런저런 이유로 삥 뜯긴 경우가 좀 있었으니까.

나이젤을 비롯한 일행은 주변을 둘러보며 시장 구경을 했다.

"도, 도둑이야!"

"또 사과 털이냐!"

그때 시장 거리 한쪽에서 고함 소리가 들려왔다.

나이젤과 일행은 소리가 들려온 쪽을 바라봤다.

그곳에 사과를 품에 안고 질주하고 있는 소년, 소녀가 있었다.

"수인족?"

나이젤은 살짝 놀란 표정을 지었다.

트리플 킹덤 안에서 깨어나 처음으로 인간이 아닌 이종족을 봤기 때문이다.

나이는 이제 열 살은 되었을까.

고양이 귀와 꼬리를 가진 귀여운 아이들이었다.

귀여운 수인족 아이들은 벽을 타고 가거나, 가판대를 뛰어넘거나 하며 시장 거리를 마치 곡예하듯 내달렸다.

그러면서도 사과를 훔치는 것도 잊지 않았다.

"아, 내 사과!"

"사과 도둑 잡아라!"

"또 저 애들이야?"

수인족 소년과 소녀는 사과를 들고 있는 행인들을 집중적으로 노렸다.

특히 행인들이 꽉 움켜쥔 사과를 마구 할퀴며 훔쳤다.

필사적으로 몸싸움을 벌이면서.

"아니, 재들은 무슨 사과에 목숨을 걸었나."

그 모습을 본 딜런은 기가 막힌 표정을 지었다.

시장 거리에는 수인족들이 좋아할 만한 말린 고기나 다른 먹을 것들도 많이 팔고 있었다.

하지만 수인족 소년과 소녀는 오로지 사과만 필사적으로 훔칠 뿐이었다.

"샤아아아!"

시장에 있던 사람 몇몇이 다가가자 수인족 소년과 소녀는 고양이 꼬리와 털을 곤두세우며 경계했다.

그러면서 작은 몸집을 이용해 사람들 틈을 빠르게 빠져나와 다시 도망쳤다.

"쫓자."

"네."

나이젤은 바람처럼 도망치는 수인족 아이들의 뒤를 쫓았다.

'뭐가 저렇게 빨라?'

사과를 품에 안고도 수인족 아이들의 움직임은 여전히 재빨랐다.

카테리나는 얼마 안 가 뒤처져 버렸고, 딜런과 트론도 열심히 뒤를 쫓았지만 점점 더 멀어져 갔다.

그나마 나이젤은 무영신법을 펼치며 수인족 아이들을 뒤쫓을 수 있었다.

파바바밧!

지면에 족적을 남기며 수인족 아이들과 점점 더 가까워졌다.

하지만 애초에 거리가 꽤 떨어져 있었기 때문에 따라잡기가 쉽지 않았다.

거기다 수인족 아이들은 몸집이 작았기 때문에 행인들을 요리조리 피하거나 건물 사이를 여유롭게 질주했다.

그에 반해 나이젤은 행인들이 길을 막고 있었기 때문에 속도를 내기 힘들었다.

그리고 어느덧 수인족 아이들은 시장 거리를 벗어나 오른쪽 길로 사라졌다.

그 직후 나이젤도 수인족 아이들이 사라진 길목에 들어섰다.

그 순간 나이젤은 발걸음을 멈췄다.

'어디 갔지?'

복도처럼 길게 이어진 골목길.

그곳에 수인족 아이들의 모습은 없었다. 마치 유령처럼 홀연히 사라져 버린 것이다.

Chapter 8

"나이젤 백부장님!"

뒤늦게 딜런과 트론이 도착했다.

"왜 여기 서 계십니까? 아이들은요?"

"몰라. 그냥 사라졌어."

아무런 소리도, 기척도 느껴지지 않았다.

설마 이렇게 빨리 사라질 줄이야.

'재밌네.'

나이젤은 골목길을 바라봤다.

건물들 사이에 있는 골목길에는 행인 한 명 없었으며, 그 어디에도 숨을 곳 하나 없었다.

다만 골목길 너머로 언덕이 하나 이어져 있었으며, 그 위에 작은 저택이 한 채 있을 뿐이었다.

잠시 작은 저택과 언덕을 바라보던 나이젤은 몸을 돌렸다.

"돌아가자."

그러자 딜런이 의아한 표정을 지었다.

"예? 조사하지 않아도 됩니까? 정황상 저택에 숨은 게 아닐까요?

"글쎄."

딜런의 말에 나이젤은 고개를 흔들었다. 골목길 입구와 언덕까지는 제법 거리가 있었다.

그리고 작은 저택이 있는 언덕 밑에는 2미터가 넘는 나무 울타리가 둘러쳐져 있는 상황.

아무리 수인족 아이들이 빠르다고 해도 골목길에서 나이젤의 눈을 피해 언덕으로 가는 건 불가능한 일이었다.

뀨웅?

까망이 또한 나이젤의 그림자 속에서 고개를 갸웃거리며 의아해하고 있었다.

그리고 무엇보다.

"저기가 어딘 줄 알아? 황색단의 본거지야."

"예?"

나이젤의 말에 딜런과 트론은 흠칫 놀란 표정을 지었다.

황색단에 대해서라면 그들도 잘 알고 있었다.

성채 도시 뒷세계를 주름잡고 있는 거대 조직으로, 워낙 은밀하게 활동하는 터라 본거지가 어디인지 알아낼 수 없었다.

그런데 눈앞에 있는 저택이 황색단의 본거지라니?

"아직 놈들을 칠 순 없지."

노팅힐 영지에 있는 폭력 조직이 황색단 하나뿐이라면 지금 당장이라도 영지군을 움직여서 족칠 수 있었다.

하지만 그럴 경우 다른 폭력 조직에 좋은 일만 하는 꼴이었다.

현재 영지군 병력으로 황색단과 싸웠다간 무의미하게 서로 힘만 뺄 뿐이었으니까.

'엔젤 더스트 제조 시설이 어디에 있는지부터 알아내야 하니까.'

황색 혁명 이벤트가 끝날 때쯤, 황색단은 제조 시설을 폐기하고 은폐한다.

그리고 엔젤 더스트 제조에 사용된 모든 물품들을 노팅힐 영지에서 빼돌리려다가 영지군에 걸려 압수된다.

플레이어에게 제조 시설의 위치가 어디였는지 알려주지 않고 이벤트가 끝나 버리는 것이다.

그 때문에 다리안 영주로 플레이한 진현도 엔젤 더스트의 제조 시설 위치를 알지 못했다.

그래서 엔젤 더스트가 어디서 제조되었는지 정확한 정보를 얻은 후 황색단의 본거지와 함께 일망타진할 생각이었다.

그러려면 몇 가지 준비가 필요했다.

"황색단을 치실 생각입니까?"

하지만 그런 나이젤의 생각을 알지 못하는 딜런은 화들짝 놀랐다.

"당연하지. 저런 범죄자 놈들이 우리 영지를 활개 치고 다니는 걸 보고만 있을 거야?"

"아니, 그건 아니지만 위험하지 않을까요?"

딜런은 우려스러운 얼굴로 나이젤을 바라봤다.

나이젤이 노팅힐 영지에 들어오기도 전, 다리안 영주가 도적 무리라고 단정한 황색단과 한 번 맞붙었던 적이 있었다.

결과는 영지군의 승리였다.

하지만 황색단의 게릴라 전술에 영지군도 적지 않은 피해를 입었다.

다행인 점은 황색단이 괴멸적인 타격을 입고 어둠 속으로 흩어졌다는 사실이었다.

문제는 그 후, 이전보다 더 은밀하게 활동을 시작했다는 점이었지만.

그 때문에 다시 활동을 시작한 황색단의 본거지가 어디인지 아직 영지군은 알아내지 못한 상태였다.

"걱정 마라. 나한테 다 계획이 있으니까."

나이젤은 안심하라며 웃어 보였다.

하지만 딜런은 안심할 수 없었다.

그의 감각이 위험하다고 경고를 보내고 있었으니까.

지금까지 아무도 알지 못했던 본거지의 위치를 대체 어떻게 알고 있는 건지, 그리고 무슨 계획인 건지 물어볼 엄두조차 나지 않았다.

다만, 한 가지 사실만큼은 확실히 알 수 있었다.

'사고 칠 생각 만만이네!'

역시 망나니 십부장이라고 불렸던 나이젤.

백부장이 되었다고 해도 본성이 어디 가는 건 아닌 모양이었다.

딜런은 길게 한숨을 쉬며 말했다.

"알겠습니다. 그럼 일단 돌아가도록 하지요."
"응. 그런데 너희들이 해야 할 일이 있어."
"예? 저희들이 해야 할 일요?"
딜런은 흠칫거리며 나이젤을 바라봤다. 역시나 자신들을 데리고 밖으로 나온 이유가 있었다.
알 수 없는 불안감에 딜런은 심장이 마구 뛰었다.
그런 그에게 나이젤은 싱긋 웃으며 말했다.
"납치."

*　　　*　　　*

노팅힐 영지에 숨어 있는 폭력 조직들은 대부분 소규모 무리들이었다.
그중에서 가장 큰 세력인 황색단은 약 70명 정도 되었다.
그 다음으로 큰 조직이 자칭 자경단, 비질란테(Vigilante)였다.
노팅힐 영지군이 폭력 조직을 가만히 놔두며 쉬쉬하자, 성채 도시의 청년들이 자발적으로 모여 조직한 자경대였다.
하지만 말이 자경단이지, 사실상 다른 폭력 조직과 다를 바 없었다.
비질란테는 황색단과 이익을 놓고 가장 많은 충돌을 하며 대립했지만, 지금은 세력이 많이 밀렸다.
황색단의 규모가 비질란테보다 훨씬 더 커졌기 때문이다.
하지만 성채 도시에서 황색단의 다음 가는 규모인데 비해, 그나마 다른 폭력 조직에 비해 죄질이 가벼웠다.

살인, 강간, 마약 같은 강력범죄는 일으키지 않았으니까.

'그래도 범죄자인 건 변함이 없지.'

자신들의 조직을 지키기 위해서라지만 비질란테는 갖가지 범죄들을 저질렀다. 사기나 폭행은 기본이고, 탈세까지 서슴지 않았다.

그 때문에 나이젤은 비질란테의 단장을 잡아 오는 데 아무 거리낌이 없었다.

"너, 너희들 뭐야? 내가 누군지 알고 이러는 거냐!"

30대 초반으로 보이는 건장한 체격의 청년이 나이젤의 앞에서 무릎이 꿇린 채 바락바락 소리를 질렀다.

"당연히 알고 있지. 이름은 루크. 나이는 32세. 자칭 자경단 비질란테의 단장 아닌가?"

"그걸 알면서도 감히 나를 납치해?"

루크는 부들부들 몸을 떨며 눈을 부라렸다. 그의 눈앞에는 20대로 보이는 청년 세 명과 메이드 한 명이 있었다.

지금 그들이 있는 장소는 빈민가의 허름한 빈집들 중 한 곳이었다.

루크는 호위 세 명과 함께 인적이 없는 골목길을 지나다가 느닷없이 기습을 받았다.

워낙 순식간에 일어난 일이라 호위들은 손쓸 틈도 없이 쓰러졌으며, 루크 또한 나름 뒷세계에서 주먹으로 유명했지만 혼자서 세 명을 당해 낼 순 없었다.

그리고 결국 루크 혼자 이곳으로 끌려왔다.

"너 이 새끼, 뭐 하는 놈이야? 누렁이들에게 사주받은 거냐?"

누렁이는 비질란테에서 황색단을 낮잡아 부르는 말이었다.

그리고 자신을 납치할 존재라면 황색단밖에 없을 터.

오래전부터 크고 작은 대립을 해 왔었으니 말이다.

“내가 누군지 알아서 뭐 하게? 지금 중요한 건 그게 아닐 텐데?”

“야, 이 존만 한 새끼야. 뒈지고 싶냐? 나 비질란테의 단장이야. 넌 내가 묻는 말에 대답이나 하면 돼. 지금 이 순간에도 내 부하들이 나를 찾으려고 이 근방을 뒤집고 있을 거다. 죽기 싫으면 네놈이 누군지 말하고 이거 풀어!”

루크는 밧줄로 몸이 묶여 결박당한 상황임에도 기세가 등등했다.

그때 가만히 있던 트론이 루크의 얼굴을 냅다 후려갈겼다.

퍼억!

“닥쳐, 이 새끼야! 범죄자 주제에 어디서 큰소리야. 한 번만 더 개소리하면 죽는다. 알았냐?”

그렇게 루크를 한 대 후려갈긴 트론은 고개를 뒤로 돌려 나이젤을 바라봤다.

마치 까망이가 나이젤에게 칭찬해 달라고 바라보는 듯한 얼굴이었다.

하지만 그때 나이젤은 카테리나에게 신경을 쓰고 있었다.

“리나야, 그거 다시 넣어 놔.”

나이젤은 카테리나를 애칭으로 부르며 말했다.

평소처럼 메이드 복장인 그녀는 어디선가 꺼내 든 호신용 단검을 뽑고 있었던 것이다.

"네."

나이젤의 말에 다소곳하게 답한 카테리나는 치맛자락을 걷어 올리며, 허벅지에 착용한 가터벨트 옆으로 단검을 갈무리했다.

"이 빌어먹을 놈들이."

루크는 어처구니가 없었다.

감히 비질란테의 단장인 자신을 이런 취급하다니.

"날 건드린 걸 후회하게 만들어 주마."

루크는 으르렁거리듯 말했다.

그 말에 나이젤은 피식 웃으며 입을 열었다.

"우리가 누군지 알고?"

원래 나이젤 십인대의 행동반경은 황색단 놈들이 관리하는 구역을 벗어나지 않았기에 비질란테 녀석들이 자신들을 알아볼 수 있을 리 만무했다.

"모른다. 하지만 네놈들은 실수했어. 이제 곧 내 부하들이 찾아올 것이고 네놈들 얼굴은 내가 다 봐 놨으니까. 적어도 얼굴은 가렸어야지, 멍청한 놈들아."

루크는 나이젤을 바라보며 비웃음을 흘렸다.

눈앞에 있는 자들이 누군지 알 바 아니었다. 중요한 건 자신을 건드렸다는 사실이었다.

그러니 대가를 치러야 할 것이다.

이미 얼굴도 외워 두었기에 도망가도 소용없었다.

"멍청한 건 네놈이지."

나이젤은 살짝 입꼬리를 올리며 루크를 내려다봤다.

[상태 창]
이름: 루크.
종족: 인간.
연령: 32세.
타입: 문관.
직위: 단장.
클래스: 파이터.
고유 능력: 달변(B).
무력(58/65), 통솔(64/82).
지력(73/80), 마력(51/65).
정치(72/88), 매력(70/85).

비질란테의 단장, 루크.

트리플 킹덤 게임의 오리지널 캐릭터로, 미래에 어둠의 행정가라고 불리는 인물이었다.

다리안 영주로 플레이할 때, 초반에 얻을 수 있는 무장들 중에서 쓸 만한 능력치를 가지고 있었다.

당장 현재 능력치만 봐도 지력, 정치, 매력이 70을 넘었으니까.

또한, 전반적으로 잠재 능력치도 좋은 편이며, 문관 타입이긴 하나 무력과 통솔도 높은 편이었다.

문무를 동시에 겸한 인재.

그가 바로 나이젤이 인사부장으로 영입하려고 한 인물이었다.

적당히 머리가 좋고, 적당히 매력이 있으며 마구 굴릴 수 있었으니까.

"내가 멍청하다고?"

루크는 험악하게 얼굴을 일그러트리며 나이젤을 노려봤다.

루크는 모를 것이다.

나이젤이 무슨 목적으로 그를 이곳에 붙잡아 왔는지.

"네가 가진 모든 것들을 내가 다 가져 주마."

"뭐? 이거 진짜 또라이 아냐? 네놈이 뭔데 내 걸 가져? 대체 무슨 수로?"

루크는 기가 막힌 표정으로 나이젤을 바라봤다.

나이젤의 말이 허무맹랑하게 들렸기 때문이다.

하지만 나이젤은 여유롭고 잔잔한 미소를 짓고 있을 뿐이었다.

'비질란테를 손에 넣는다.'

자경단 조직인 비질란테라면 암흑가에 대한 정보를 잘 알고 있을 터.

또한, 최종적으로는 비질란테의 단원들을 강제 징집 해서 부족한 영지군 병사들을 늘릴 생각이었다.

막 굴릴 수 있는 유능한 인재.

암흑가의 정보.

그리고 강제 징집까지.

완전 선물 3종 세트가 따로 없었다.

그뿐만이 아니다.

루크를 공략하기만 하면 배신당할 일은 없었다.

루크는 의리를 중시하고, 도움을 받으면 돌려주어야 한다는 생각을 가진 인물이었으니까.

그렇기에 나이젤이 루크를 인사부장으로 영입하려고 하는 것이고.

다만 문제가 있었다.

황색 혁명 이벤트에서 루크를 영입하기란 여간 까다로운 일이 아니었다.

거의 대부분 얻지 못하고 끝나는 경우가 많았다.

초반 능력치가 좋은 만큼 루크를 공략하려면 최소 두 가지 조건을 만족시켜야 했기 때문이다.

거기다 조건을 전부 만족시킨 후에도 황색단을 괴멸시켜야 루크를 완전히 자신의 사람으로 만들 수 있었다.

"곧 증명해 주마. 슬슬 올 때도 되었고 말이야."

나이젤은 옅은 미소를 지으며 말했다.

그 순간.

콰아아아앙!

"루크 단장님!"

굉음과 함께 나이젤과 루크가 있는 빈집의 문이 터져 나가며 비질란테의 단원들이 우르르 몰려 들어왔다.

"어서 와라. 생각보다 좀 늦었네?"

그들의 등장에도 나이젤은 여유를 잃지 않았다.

이미 예상하고 있었으니까.

아니, 일부러 그들이 찾기 쉽고 주변에 피해가 가지 않는 장소를 택해 바로 이곳 빈민가의 빈집에 온 것이다.

영지군을 움직여서 비질란테를 잡을 수도 있었지만, 황색단이 알지 못하게 조용히 일을 처리할 필요가 있었다.

영지군의 움직임으로 경계심이 생기게 해선 안 되니까.

그리고 루크를 공략하려면 자신이 영지군의 일원이라는 사실이 아직 알려지면 안 된다. 적어도 첫 번째 조건을 클리어하고 나서가 아니면.

그 일환으로 나이젤 일행은 일반 사복 차림이었으며, 카테리나는 메이드복 그대로 따라오게 했다.

얼굴을 드러낸 이유도 비슷한 맥락이었다.

괜히 자신들을 지나치게 경계하게 만들어서 혹시라도 일이 틀어지면 곤란하기 때문이다.

그리고 어차피 이 자리에서 결판을 낼 생각이었기에 얼굴이 드러나도 상관이 없었다.

모든 건 루크를 공략하기 위해서.

"너희들의 단장은 내가 가지겠다."

나이젤은 빈집 안으로 들어오는 비질란테 단원들을 바라보며 선언했다.

루크를 공략하기 위한 첫 번째 조건은, 다름 아닌 무력 행사였다.

그런데 문제가 생겼다.

'뭐지? 얘들이 왜 이렇게 많이 왔지?'

나이젤이 예상한 숫자보다 비질란테 단원들이 더 많았던 것이다.

"형세 역전이군. 네놈은 날 건드린 대가를 치러야 될 거다."

부하들의 등장에 기세가 살아난 루크는 이를 드러내며 말했다.

압도적으로 자신들이 유리했으니까.

"……."

딜런과 트론이 긴장한 표정으로 나이젤을 바라봤다.
그리고 나이젤의 눈앞에 시스템 메시지가 한 줄 떠올랐다.

[당신은 에픽 미션 불가능 난이도를 플레이 중입니다.]

'하.'
지금 나이젤은 불가능 난이도의 인생을 살고 있었다.
그 덕분인지는 몰라도 나이젤이 본래 예상했던 것보다 비질란테 단원들 숫자가 2배는 더 많았다.
약 스무 명에 가까운 인원들.
비질란테 전체 단원들의 3분의 2가 넘는 수였다.
"사람 진짜 귀찮게 만드네."
나이젤은 딜런과 트론을 물끄러미 바라봤다. 예상대로 열 명 정도였다면 딜런과 트론에게 맡길 생각이었다.
그런데 스무 명이라니!
이러면 싸울 수밖에 없지 않은가!
'싸우기 귀찮은데.'
딜런과 트론을 뒤로한 나이젤의 시선이 비질란테 단원들에게 향했다.
각목부터 시작해서 장검과 단검으로 무장해 있는 단원들.
그들은 대부분 빈민가의 청년들이었다. 성채 도시 중심부라면 그럭저럭 살 만하지만, 외곽인 빈민가는 암흑가 조직들의 등쌀에 떠밀려 살기가 힘든 형편이었다.
그래서 빈민가의 고아 출신인 루크가 자신과 비슷한 처지의 청년들을 모아서 자경단을 조직한 것이다.

"루크 단장님, 이 자식들 뭐 하는 놈들입니까?"

그때 우직한 인상에 짧고 붉은 머리카락을 가진 20대 후반 청년이 루크를 향해 입을 열었다. 비질란테의 이인자이자 루크의 오른팔인 칼리언이었다.

"나도 몰라. 그냥 미친놈들인 것 같다. 손 좀 봐줘라."

"하긴 미친놈에게는 매가 약이긴 하죠. 여자는 어떡합니까?"

칼리언은 기분 나쁜 미소를 흘리며 나이젤 일행을 바라봤다.

"야, 우리가 인기가 없지 가오가 없냐? 여자는 냅 둬라."

"옙."

이 순간 비질란테의 모든 단원들은 속으로 피눈물을 흘렸다. 단원들 모두 아직 애인이 없었기 때문이다.

그리고 그 원한은 눈앞에 있는 나이젤에게로 향했다.

"야, 이 미친놈아! 감히 우리 단장님을 건드려? 각오는 되어 있겠지?"

"뭐, 이 새끼야?"

칼리언이 나이젤을 향해 욕을 하자 트론이 앞으로 나섰다.

눈앞에 칼을 든 비질란테 단원들이 있었지만 트론은 주눅 들지 않았다. 아니, 오히려 자신의 우상인 나이젤을 욕하는 칼리언의 말에 눈이 돌아갔다.

"이 새낀 또 뭐야? 대가리에 피도 안 마른 놈이."

칼리언 또한 눈살을 찌푸리며 트론을 노려봤다. 아직 20대 초반밖에 되지 않은 트론이 욕을 하자 열이 뻗쳐오른 것이다.

"범죄자 놈들이 어디서 큰소리야? 네놈들 전부 패대기를 쳐 주마!"

"이런 미친놈이! 그래 어디 한번 할 수 있으면 해 봐라!"

칼리언은 기가 막힌다는 표정으로 트론을 바라보며 달려들 태세를 취했다.

그때 나이젤이 입을 열었다.

"야, 너 신발 끈 봐라."

"뭐? 이 새끼가 어디서 쉰내 나는 수작을… 어어엇!"

쿠당탕탕!

당장이라도 트론을 후려칠 것처럼 달려들던 칼리언이 돌연 바닥을 나뒹굴었다. 정말로 신발 끈이 한쪽 끝끼리 묶여 있었던 것이다.

뀨웅?

그리고 나이젤의 발밑에서 까망이가 귀엽게 얼굴을 부비 부비 비볐다.

칼리언의 신발 끈을 묶은 범인은 다름 아닌 귀여운 까망이였다.

"그러게 사람 말 좀 듣지 그랬냐?"

"이런 젠장! 뭐 해? 쳐라!"

볼썽사납게 바닥에 쓰러진 칼리언의 명령에 싸움이 시작되었다.

*　　　*　　　*

트리플 킹덤은 약육강식의 세계다.

특히 뒷세계는 그런 경향이 강했다.

밑바닥에서 주먹 하나로 조직 하나를 세우기도 하니까 말이다.

그 때문에 루크를 공략하려면 개인이 가진 무력을 보여 줄 필요가 있었다.

그래서 나이젤은 자신이 영지군 소속이라는 사실을 알려 주지 않았다.

아무리 무능하다고 해도 암흑가의 조직이 함부로 건드릴 수 있을 만큼 영지군은 물렁하지 않았으니까.

황색단조차 노팅힐 영지군과 정면 대결은 피할 정도였다.

그런데 나이젤이 영지군 소속이라는 걸 알게 된다면?

그냥 도망치려고 할 것이다.

그래서는 루크를 공략할 수 없었다.

그렇다고 영주성에 있는 영지군을 움직여서 비질란테를 제압할 수도 없었다. 영지군을 움직이면 황색단에서 경각심을 가질 테니까.

그 때문에 나이젤은 번거롭지만 소수 인원으로 루크를 납치해서 비질란테를 제압하려 한 것이다.

문제는 예상보다 많은 수의 단원들이 낚여 왔다는 사실이었지만.

그런데.

"말도 안 돼."

루크는 멍한 표정을 지었다.

싸움이 시작하기 전까지만 해도 눈앞에 있는 놈들을 어떻게 할까 고민했다.

하지만 전투가 시작된 직후, 믿을 수 없는 광경이 펼쳐졌다.

자신을 납치한 자들 중 우두머리로 보이는 청년이 단원들 속으로 난입하자 충격파가 터져 나왔다.

그리고 충격파에 휩쓸린 대부분 단원들이 바닥을 뒹굴었으며 무기들도 부러졌다.

눈 깜짝할 사이에 절반에 가까운 인원이 쓰러진 것이다.

그것도 맨주먹으로.

'강하다.'

꿀꺽.

루크는 침을 삼켰다.

지금까지 뒷세계에서 주먹 하나로 비질란테를 황색단 다음의 조직으로 키워 냈기에 알 수 있었다, 눈앞에 있는 청년이 기사급의 실력자라는 사실을.

또한, 부하로 보이는 두 명의 실력도 상당했으며 특히 그중 한 명은 루크의 오른팔인 칼리언보다 강했다.

덕분에 전투는 빠르게 끝이 났다.

* * *

"야, 너희들. 손도 들어."

트론의 말에 바닥에서 일렬로 무릎을 꿇고 앉아 있던 비질란테 단원들이 불만스러운 표정으로 올려다봤다.

"이 자식들이 아직도 정신을 못 차렸나? 야, 처맞고 들래? 아니면 그냥 들래?"

트론이 눈알을 부라리자 그제야 단원들은 두 손을 들었다.

싸움이 시작되고, 나이젤의 선제공격으로 절반에 가까운 단원들이 추풍낙엽처럼 쓰러졌다.

나이젤의 고유 스킬 임팩트 앞에 나가떨어진 것이다.

그 뒤로는 일사천리였다.

개인 전투력은 나이젤 일행이 훨씬 더 강했으니까.

"당신, 대체 누구요?"

상황이 다시 역변하자 루크의 태도가 달라졌다. 거기다 나이젤은 혼자서 부하 열 명을 간단히 쓰러트리고 호흡 하나 흐트러지지 않았다.

그 모습을 처음부터 끝까지 지켜보았기에 루크는 태도가 조심스러워질 수밖에 없었다.

그런 그에게 나이젤은 본론부터 말했다.

"내 밑으로 들어와라."

"그게 무슨?"

나이젤의 말에 루크는 놀란 표정을 지었다.

설마 자신을 스카우트하려고 할 줄은 몰랐기 때문이다.

딜런과 트론도 의아한 얼굴로 나이젤을 바라봤다.

자신들에게 적대적인 폭력 조직의 수장을 왜 수하로 삼으려고 하는지 몰랐으니까.

[딜런의 충성도가 1 하락합니다.]

[트론의 숭배심이 1 상승합니다.]

[카테리나의 호감도가 1 상승합니다.]

'이 녀석들은 또 왜 이래?'

눈앞에 떠오른 메시지를 본 나이젤은 속으로 한숨을 내쉬었다.

그래도 트론과 카테리나는 나이젤이 하는 일에 호의적이었다.

그에 반해 딜런은 시무룩한 표정으로 나이젤을 바라보고 있었다.

아무래도 루크를 부하로 삼으려는 걸 보고 질투라도 하는 모양.

"당신이 강한 건 인정하겠소. 하지만 그렇다고 정체도 모르는 사람 밑에 들어갈 수는 없지."

의외로 루크는 단호하게 거절했다.

아직 눈앞에 있는 자들을 믿을 수 없었기 때문이다.

"잘도 말하는군. 그 말에 목숨을 걸 수 있나?"

"……!"

순간 자경단원들의 분위기가 변했다.

무릎 꿇고 손을 들고 있는 상황에서 날카로운 눈으로 나이젤을 노려보기 시작한 것이다.

자신들의 단장에게 목숨을 걸 수 있냐고 말하는데 가만히 있을 수 없었으니까.

단원들은 언제라도 움직일 태세로 전신을 긴장시켰다.

그런 그들을 루크는 눈짓을 보내며 제지했다.

그리고 나이젤을 올려다보며 조용히 입을 열었다.

"그렇다면 난 죽음을 택하겠소. 내가 비록 뒷세계에 몸을 담고 있지만 최소한의 룰은 지키고 있거든."

"무슨 룰?"

"약자는 건드리지 않소."

"대신 탈세에, 사기에, 폭행은 하고?"

그 말에 루크는 쓴웃음을 지었다.

하지만 부정은 하지 않았다.

"우리들이 살아남기 위해서라면."

"말은 잘하네."

"내가 좀."

"알겠다. 그럼 내가 누군지 말하지. 나는 노팅힐 영지의 백부장 나이젤이다."

나이젤의 말에 자경단원들이 놀란 표정을 지었다.

"백부장?"

"나이젤이라고?"

"나이젤이라면 유명한 망나니 십부장 아니야?"

순간 나이젤을 우상처럼 섬기는 트론의 눈썹이 꿈틀거렸다.

"망나니 십부장이라고 한 놈 앞으로 나와라."

"헉! 아, 아니, 그게 아니라."

트론의 싸늘한 말에 단원 한 명이 핼쑥한 표정이 되었다.

"너는 나와 같이 정신교육을 받는다. 노팅힐 영지군의 군기 교육이 어떤 건지 가르쳐 주지."

그 말과 함께 트론은 자경단원 한 명을 옆방으로 끌고 갔다.

이윽고 옆방에서 이상한 신음 소리가 울려 퍼지기 시작했지만, 자경단원들과 나이젤 일행은 애써 무시했다.

“당신이 나이젤 십부장이란 말이오?”

“어제 백부장이 되었지.”

루크와 자경단원들은 믿기지 않는 표정으로 나이젤을 바라봤다. 나이젤이라면 소문으로 들어서 알고 있었다.

비록 얼굴은 본적이 없어서 모르지만 술만 마시면 사고 치는 노팅힐 영지군의 골칫덩이 망나니 십부장으로 유명했으니까.

‘망나니 십부장은 개뿔!’

과연 망나니에 불과한 영지군 병사가 혼자서 자신의 부하 열 명을 쓰러트릴 수 있을까?

그것도 자신이 심혈을 기울여 키운 자경단원 열 명을 단 한 방에?

루크는 직감했다.

나이젤이 망나니라고 알고 있는 사람들은 전부 속고 있었다는 사실을.

‘우리가 속고 있었구나!’

루크의 머리가 맹렬히 돌아갔다.

무능한 영주 다리안.

망나니 십부장 나이젤.

대외적으로 알려진 두 명의 정보다.

하지만 나이젤은 망나니 십부장이 아니었다.

기사라고 생각해도 좋을 정도로 실력을 갖추고 있었다.

어디 그뿐인가?

나이젤의 부하인 두 명도 분명 영지군의 병사일 것이다.

그들은 자신의 부하들보다 강했다.

'그렇군. 다리안 영주가 때를 기다리고 있었던 거야!'

무능하기로 유명한 다리안 영주가 이렇게 주도면밀한 인물이었을 줄이야!

그리고 망나니로 알려진 나이젤은 또 어떻고?

"대체 다리안 영주님은 무슨 생각이신지? 드디어 숨기고 있던 능력을 드러내시려고 하는 것이오?"

"……?"

다리안 영주가 숨기고 있는 능력이 있었어?

루크의 말에 나이젤은 의아한 표정을 지었다. 자신이 알고 있는 다리안 영주는 우유부단하고 심성이 유약한 인물이었으니까.

"아니, 내가 실언을 했소. 아직 능력을 드러내실 때가 아니시겠지. 지금은 한창 준비 중이실 터이니."

'무슨 소리지?'

혼자서 고개를 끄덕이며 납득하는 루크의 모습에 나이젤은 떨떠름한 표정을 지었다.

다리안 영주는 심성이 착하다는 것 빼고는 딱히 능력이 없었으니까.

"그런데 나이젤 백부장님께서 저희에게 오신 이유는 무엇입니까?"

갑자기 루크의 태도가 공손해졌다.

빛의 속도로 태세 전환을 한 이유를 알 수 없었기에 당황스러웠지만 나이젤 입장에서는 좋은 일이었다.

"네 도움이 필요하다."

"제 도움요?"

루크는 놀란 표정을 지었다.
노팅힐 영지군이 자신에게 무슨 도움이 필요하다는 것일까?
나이젤은 의아한 표정을 짓고 있는 루크를 가만히 바라봤다.
루크를 공략하기 위한 두 번째 조건.
그것은.
"아리아를 되찾고 싶지 않나?"
"그, 그걸 어떻게?"
루크는 놀란 표정으로 나이젤을 바라봤다.
아리아 플로렌스.
루크가 소중하게 생각하고 있는 여인으로 현재 행방이 묘연한 인물이었다.
하지만 그녀에 대한 건 아무에게도 이야기한 적이 없었다.
오른팔인 칼리언에게조차도.
"당신이 어떻게 그녀를 알고 있는 겁니까?"
"그건 중요한 게 아니지. 그보다 더 알고 싶은 게 있을 텐데?"
나이젤의 웃는 말에 루크의 얼굴이 굳어졌다. 나이젤의 말대로 당장 확인해 보아야 할 사항이 있었기 때문이다.
"그녀는… 살아 있습니까?"
나이젤을 바라보는 루크의 눈빛은 절박했다. 그녀가 죽었는지, 살았는지조차 알지 못했으니까.
"걱정 마라. 그녀는 살아 있다."
"아……."
나이젤의 확언에 루크의 얼굴이 밝아졌다. 과거에 있었던 사건 이후 죽은 줄로만 알았던 그녀, 아리아 플로렌스.

설마 살아 있었을 줄이야!

"그럼 그녀는 지금 대체 어디에 있는 겁니까?"

"지금은 나도 모른다. 하지만 네가 날 도와준다면 그녀가 어디에 있는지 찾을 수 있겠지. 내 밑으로 들어와라, 루크. 그럼 그녀를 찾는 걸 도와주마."

"지금 저보고 노팅힐 영지군 밑으로 들어오라는 말입니까?"

"그래."

나이젤은 고개를 끄덕였다.

하지만 크게 기대는 하지 않았다.

루크를 완전히 영입하려면 두 번째 조건, 즉 아리아 플로렌스를 찾아주어야 하니까.

그런데.

"알겠습니다. 저희 자경단 비질란테는 당신의 휘하로 들어가겠습니다."

'어?'

나이젤은 살짝 놀란 표정을 지었다.

루크가 한 치의 망설임도 없이 기쁜 표정으로 자신의 제안을 받아들였기 때문이다.

'뭐지? 본래라면 싫어해야 정상인데?'

이제 겨우 첫 번째 조건을 클리어한 상황이었다.

지금 시점에서 영입하려고 하면 좋게 봐줘도 고려를 하겠다고 하지, 지금처럼 기뻐하면서 받아들이는 경우는 없었다. 그래서 두 번째 조건을 클리어할 필요가 있었던 것이다.

그런데 지금 상황은 뭐란 말인가?

'황색 혁명 이벤트가 시작되기 전이라 그런 건가?'

황색 혁명 이벤트가 시작된 이후에는 정신이 없었다. 이미 엔젤 더스트가 퍼져 있는 상황이고, 황색단에서 문제를 일으키기 시작하니까.

그 와중에 비질란테가 등장하니 상황은 걷잡을 수 없이 복잡해진다.

그런 상황에서 루크를 공략해야 했기에 여간 힘든 일이 아니었다. 처리해야 할 일들이 많았기 때문이다.

결국 수많은 세이브와 로드 끝에 공략할 수 있었다. 그런데 벌써부터 호의적인 모습을 보일 줄이야?

하지만 그런 나이젤의 당황스러움에 쐐기라도 박듯, 메시지가 떠올랐다.

[축하합니다! 당신은 비범(B)급 무장인 비질란테의 단장 루크를 영입하고, 자경단 비질란테를 인수하였습니다.]

[현재 단장 루크의 호감도는 50입니다. 당신이 어떤 것을 보여 줄지 기대하고 있습니다.]

[영지미션 영지군의 진행 사항이 갱신되었습니다.]

진행 사항(1): 병사(90/200).

진행 사항(2): 무관(2/5). 문관(2/5).

'흠.'

눈앞에 떠오른 메시지를 확인한 나이젤은 만족스러운 미소를 지었다.

어찌 되었든 일단 고비 하나를 넘긴 것이다.

하지만 이제 시작이었다.

나이젤은 고개를 숙이고 있는 루크를 바라보며 말했다.

"노팅힐 영지군에 온 것을 환영한다. 그리고 너희들이 당장 해줬으면 하는 일이 있는데."

"무슨 일입니까?"

루크의 반문에 나이젤은 씩 웃어 보였다.

*　　　　　*　　　　　*

늦은 오후.

나이젤은 어둠이 조금씩 내리는 성채 도시의 거리를 걷고 있었다. 그런 그를 바라보는 딜런의 심정은 복잡했다.

'대체 무슨 생각을 하고 계시는 걸까?'

설마 이 인원으로 암흑가를 건드릴 줄은 생각도 하지 못했다.

어디 그뿐인가?

자신은 물론 분명 영지군에서도 알지 못하는 정보를 나이젤은 알고 있었다.

비질란테를 제압한 후, 어디서 그런 정보를 알게 되었는지 슬쩍 물어보았지만 비밀이라는 소리만 들었다.

그래서 아쉬웠다.

'아직 내가 부족하기 때문이겠지.'

더 이상 고블린 토벌전 때나, 기사 월터와의 결투에서처럼 나이젤이 다치는 일이 없도록 지켜 줄 생각이었다.

그런데 이번에도 딜런과 트론은 나이젤의 도움을 받고 말았다.
그들만으로는 비질란테 단원들을 제압하지 못했으니까.
나이젤이 비질란테 단원 중 절반을 쓰러트리지 못했다면, 분명 싸움에서 졌을 것이다.
거기다 설마 암흑가의 넘버 투라고 할 수 있는 자경단 비질란테를 부하로 삼을 줄이야!
'나이젤 님 곁에 어울릴 만한 인물이 되어야 한다.'
그때가 되면 모든 걸 이야기해 주시겠지.
이제 더 이상 자신의 상관인 백부장 나이젤은 망나니라고 하기에는 무리가 있었으니까.
"도착했군."
그사이 나이젤 일행은 목적지에 도착했다.
"나이젤 백부장님, 이곳은……?"
나이젤이 멈춰선 건물 입구 앞에서 딜런은 살짝 눈을 크게 떴다.
블랙 애플.
성채 도시에서 호화스럽기로 유명한 주점이었다. 고급스러운 분위기 못지않게 술값이 비쌌기 때문이다.
그래서 돈 많은 상인들이나, 혹은 여행 중인 귀족 자제들이 가끔 방문했다.
"아, 여기? 연병장에 있을 때 말했었잖아. 오늘 저녁은 내가 쏘겠다고."
"아."
나이젤의 말에 딜런은 뒤늦게 기억이 났다. 오늘 훈련을 마치면 블랙 애플 주점으로 오라고 했던 것을.

나이젤이 진급 기념으로 한턱 쏘겠다고 하면서 말이다.

"정말 괜찮은 겁니까?"

딜런은 걱정스러운 표정으로 말했다.

막상 와 보니 술값이 장난 아니게 비싸 보였으니까.

"걱정 마라."

나이젤은 딜런의 어깨를 툭툭 치며 입꼬리를 살짝 올려 보였다.

순간 딜런은 흠칫 몸을 떨었다.

'저거 사고 칠 때 짓던 웃음인데…….'

무언가 느낌이 좋지 않았다.

"그냥 다른 곳으로 갈까요? 제가 괜찮은 술집 몇 군데 알고 있습니다."

"아, 괜찮아. 왜냐하면……."

나이젤은 블랙 애플 주점의 문을 열고 들어가다가 딜런과 트론을 돌아봤다. 그리고 빙긋 웃으며 말했다.

"여기 황색단 놈들이 운영하는 술집이거든."

"……!"

그 말에 딜런뿐만이 아니라 트론의 얼굴까지 핏기가 싹 가셨다.

*　　　*　　　*

"다들 고생했어. 이제 마시러 가자!"

딜런 십인대의 부대장 에반은 즐거운 표정을 지었다.
드디어 고단한 하루 훈련을 마치고 술을 마시러 갈 수 있었기 때문이다.
그것도 망나니 십부장이라고 악명이 자자한 나이젤이 사주는 술을 말이다.
"에반 부대장님, 아까 보셨습니까? 다른 십인대 애들 말입니다."
"어, 부러워 죽으려고 하더라."
부대장 에반과 고참병 중 하나인 기드온은 서로 낄낄거렸다.
연병장을 나서는 자신들을 다른 병사들이 굉장히 부러운 눈으로 바라봤었으니까.
"그나저나 블랙 애플이라니 꿈만 같습니다. 비싸서 가 볼 생각도 못 했었는데."
비싼 술값 때문에 일반 병사들은 가 볼 엄두도 내지 못했다.
그런 곳에서 설마 나이젤이 한턱 쏘겠다고 할 줄이야.
역시 백부장급이 되면 통도 커지고, 급료도 어마어마한 모양이었다.
덕분에 지금 십인대 대원들은 고단함도 잊은 채 기분이 들떠 있었다.
"예쁜 애들도 있겠지?"
"당연한 거 아닙니까. 시꺼먼 남정네들끼리 무슨 맛으로 마십니까!"
"맞습니다!"
십인대원들은 서로 맞장구를 치며 저녁에 있을 술자리를 기대했다.

맛 좋은 고급 양주와 안주들.

그리고 미녀와 함께하는 술자리라니!

단지 옆에서 이야기를 나누는 것뿐이었지만, 그것만으로도 십인대는 마음이 설렜다.

"애들아, 뭐 하냐? 나이젤 백부장님이 우릴 기다리고 계시다는 걸 잊었냐? 빨리빨리 안 움직여?"

에반은 부하들을 닦달하며 발걸음을 재촉했다.

지금쯤이면 선발대로 출발한 딜런 대장과 신참병인 트론이 자신들을 맞이할 준비를 하고 있을 터!

그 생각에 십인대의 발걸음은 점점 더 빨라졌다.

"1등은 나라고!"

"누가 할 소릴!"

이제는 아예 서로 자기가 먼저 블랙 애플에 도착하겠다고 달리기 시작했다.

낮에 받았던 훈련이 결코 녹록지 않았지만, 대원들의 발걸음은 깃털처럼 가벼웠다.

잠시 후, 그들은 블랙 애플 정문 입구에 도착했다.

"1등은 내가……!"

가장 먼저 도착한 인물은 부대장인 에반이었다. 에반은 득의양양한 미소를 지으며 블랙 애플의 정문을 열었다.

결코 열어서는 안 될 문을.

* * *

"대체 어디서 저런 미친놈들이……."

2층 난간에서 1층 밑을 내려다보고 있는 블랙 애플의 경호 책임자 카론은 정신이 아득해져 왔다.

지금 블랙 애플 1층 홀에서는 난투극이 벌어지고 있었다.

어디서 굴러먹다가 왔는지도 모를 미친놈 두 명에게 부하들이 농락당하며 난장판이 되었기 때문이다.

덕분에 1층에 있던 손님들이 전부 도망가고 말았다.

콰앙!

그때 홀에 있는 테이블 하나가 박살이 나면서 울려 퍼지는 굉음에 카론은 불현듯 정신을 차렸다.

그리고 블랙 애플의 경호를 맡고 있는 부하 다섯 명들을 향해 버럭 소리쳤다.

"야, 이 멍청한 놈들아! 너네들 다 죽고 싶어? 빨리 저 자식들 잡아서 내 앞으로 끌고 와!"

식은땀이 흐른다.

경호를 맡고 있는 부하 다섯 명이 고작 두 명을 잡지 못하고, 1층 홀과 함께 아주 작살이 나고 있었다.

만약 이 일이 블랙 애플 주점을 관리하는 해럴드 형님에게 알려진다면 어떻게 될까?

오싹!

카론의 등줄기에 소름이 돋았다.

'젠장!'

3층에서 즐거운 시간을 보내고 있을 해럴드가 1층에 내려오기 전에 이 상황을 끝내야 했다.

그렇지 못하면 손모가지가 날아갈 테니까.

"크악!"

"으아악!"

하지만 상황은 좋지 않게 흘러갔다. 들려오는 건 부하들의 비명 소리뿐이었다. 나름 황색단에서 주먹 좀 쓰는 애들로만 뽑아 왔는데 고작 두 명을 제압하지 못할 줄이야.

"나머지 애들은 언제 오는 거야?"

한 명, 두 명 부하들이 나가떨어지자 카론은 신경질적으로 소리쳤다.

그러자 카론의 옆에서 굳은 표정으로 있던 로한이 황급히 답했다.

"이제 곧 올 겁니다."

로한의 말이 끝나기가 무섭게 블랙 애플에서 대기하고 있던 경호원 열다섯 명이 더 나타났다.

"좋아!"

그제야 카론의 얼굴이 펴졌다.

아무리 날고 기어도 열다섯 명이 넘는 부하들을 상대하진 못하리라.

거기다 1층 홀에서 날뛰던 두 놈은 움직임이 눈에 띄게 느려져 있었다.

"감히 우리가 운영하는 술집에서 사고를 쳐? 사지를 잘라 내고 길거리에 개밥으로 내던져 주마."

2층 테라스 위에서 카론은 이를 갈며 말했다.

"그래? 그럴 수 있으면 어디 한번 그래 보든가."

"……!"

순간 카론과 로한은 소스라치게 놀란 표정으로 뒤를 돌아봤다.

"어, 어느 틈에?"

자신들의 등 뒤에 싸늘하게 웃고 있는 청년이 있었기 때문이다.

또한, 청년의 뒤에는 차가운 인상을 한 하녀가 서 있었다.

다름 아닌 나이젤과 카테리나였다.

"책임자라는 놈이 2층에서 구경이나 하고 있는 꼴이라니."

"뭐, 뭐야?"

자신보다 한참 어려 보이는 나이젤의 비아냥거림에 카론은 머리끝까지 열이 뻗쳐올랐다.

가뜩이나 가게를 난장판으로 만든 두 놈 때문에 빡쳐 있는 상황에서 눈앞에 있는 어린놈이 도발을 해 온 것이다.

"너 이 새끼, 곱게 죽을 생각은 버려라. 날 건드린 걸 후회하게 만들어 줄 테니까."

감히 나를 뭘로 보고.

블랙 애플은 황색단 조직에서 가장 크게 돈을 버는 수입원이었다.

그곳의 경비를 맡고 있는 카론은 황색단 내에서도 한 손가락에 들어가는 실력자이며 간부였다.

그런데 감히 자신을 우습게 보다니?

"저놈들이랑 같이 팔다리를 부숴 버리고 주둥아리를 찢어 주마."

카론은 나이젤을 죽일 듯이 노려보며 말했다.

그 말대로 1층 상황은 좋지 않았다.

울며 겨자 먹기로 날뛰던 딜런과 트론이 제압당하기 직전이었으니까.

이대로라면 나이젤이 1층에 있는 경호원들과 한바탕해야 될 상황이었다.

하지만.

덜컹!

별안간 블랙 애플의 1층 출입구가 활짝 열렸다.

문 열리는 소리가 유달리 크게 들린 탓인지 모두의 시선이 1층 정문으로 향했다.

"나이스 타이밍."

나이젤의 입가에 미소가 지어졌다.

블랙 애플 1층의 정문을 열고 들어온 사람은 다름 아닌 멍한 표정을 짓고 있는 부대장 에반이었으니까.

"……."

에반은 지금 상황을 이해할 수 없었다. 분명 오늘은 즐거운 술자리가 기다리고 있을 터였다.

아름다운 미녀가 말 상대를 해 주고 자신들의 외로움을 공감해 주는 꿈같은 시간이 될 줄 알았다.

그런데…….

"에반 부대장! 마침 잘 왔다. 싸워라!"

딜런은 밝은 표정을 지으며 다짜고짜 말했다.

"이런 썅!"
그 말에 에반은 자기도 모르게 욕지거리를 내뱉었다.
먼저 가서 자리를 잡고 있겠다던 딜런과 트론이 왜 블랙 애플에서 싸움박질을 하고 있단 말인가?
"딜런 대장님, 대체 이게 무슨 일입니까?"
"몰라! 나한테 묻지 말고 나이젤 백부장님한테 물어! 나도 지금 왜 싸우게 됐는지 모르겠으니까!"
"백부장님요?"
딜런의 대답에 에반은 눈치챘다.
'젠장, 낚였네.'
파닥파닥.
도마 위에서 펄떡이는 활어처럼.
"우리가 그러면 그렇지요."
상황 파악을 완료한 기드온이 에반의 어깨에 손을 올리며 말했다.
이미 모든 걸 초탈한 표정이었다.
기드온뿐만이 아니라 다른 대원들도 마찬가지였다.
"빌어먹을! 애들아 술은 나중에 마시고 일단 몸부터 풀자!"
결국 에반을 시작으로 십인대 대원 전원이 싸움에 뛰어들었다.
술 마시러 왔다가 졸지에 싸움판에 끼어들게 된 것이다.
그렇게 십인대원들이 합세하자, 상황은 다시 나이젤이 유리하게 흘러갔다.
"저놈들은 또 뭐야!"

2층 테라스에서 나이젤과 대치하고 있던 카론은 이를 갈았다.

다 된 밥에 재를 뿌려도 유분수지.

난데없이 들어온 불한당처럼 생긴 놈들이 자신의 수하들과 싸우기 시작하는 게 아닌가?

"네가 졌다. 항복해라. 카론."

"지랄 마라, 애송아. 네놈만큼은 내가 손모가지를 날려 주마."

이를 갈면서 카론은 품에서 나이프를 꺼냈다.

"나이젤 님."

그러자 카테리나가 가터벨트에서 단검을 꺼내며 앞으로 나섰다.

"물러서 있어."

"하지만."

카테리나는 나이젤을 바라봤다.

오늘 하루 동안 벌어졌던 전투에서 카테리나는 뒤로 밀려나 있었다.

그 때문에 불만이었다.

하지만 어쩔 수 없었다.

비록 그녀가 천재적인 재능을 가지고 있었지만, 훈련을 시작한 지 고작 하루 이틀밖에 지나지 않았으니까.

그마저도 기초 체력 단련을 한 게 전부였기에 창술은 아직 초심자나 다름없었다.

"감히 누구 앞에서 염장질이냐!"

그때 카론이 악귀처럼 일그러진 얼굴로 나이프를 앞세우며 나이젤을 향해 달려들었다.
카론의 나이프에는 심상치 않은 원과 한이 깃들어 있었다.
하지만.
"까망아."
끙!
순간 나이젤의 그림자 속에서 검은 형체가 솟구쳐 올랐다.
퍽!
촉수 같은 그림자 형체는 카론의 손을 강하게 쳐 냈다.
"뭐, 뭐야?"
화들짝 놀란 카론은 뒤로 주춤주춤 물러났다.
생각지도 못한 공격을 받은 데다가, 손에 들고 있던 나이프가 날아갔기 때문이다.
"이 악물어라."
"헛!"
순간 카론은 경악한 표정을 지으며 눈을 크게 떴다.
어느 틈엔가 나이젤이 카론 앞에 다가와 있었던 것이다.
거기다 까망이가 카론의 손을 쳐내면서 나이프를 멀리 튕겨 낸 상황.
카론의 정면은 휀하게 비어 있었다.
빠아악!
나이젤의 주먹이 경쾌한 소리를 내며 카론의 얼굴 정중앙에 꽂혀 들어갔다.
"크아아악!"
코뼈가 박살 나며 카론은 비명을 지르면서 튕겨 날아갔다.

콰직!

그리고 2층 테라스에서 나무로 된 난간을 부수며 1층 아래까지 떨어져 내렸다.

"히익!"

그 모습에 카론을 보좌하는 로한은 놀란 표정을 지으며 자리에 주저앉았다.

"어? 카론 대장님?"

"카, 카론 형님!"

1층에서도 난리가 났다.

경호대장인 카론이 난데없이 2층에서 떨어져 내렸으니까.

아등바등 딜런 십인대를 상대로 버티고 있던 블랙 애플 경호원들의 사기가 급격히 떨어졌다.

딜런 십인대는 현재 노팅힐 영지군 중에서 백부장 가리안의 기마분대 다음으로 정예 병사들이었다.

아무리 경호원들이 주먹을 좀 쓴다고 해도 상대가 되지 않았다.

거기다 경호대장인 카론까지 1층 바닥에서 쓰러진 상황.

"전부 제압해라."

나이젤은 2층 테라스 위에서 1층을 내려다보며 명령했다.

이제 남은 건, 3층에 있는 블랙 애플의 총책임자인 해럴드뿐이었다.

"어떤 겁도 없는 녀석들이 이곳에서 행패를 부리느냐!"

순간 굵직한 저음의 목소리가 블랙 애플 건물의 천장에서 울려 퍼졌다.

그 목소리에 모두의 시선이 위로 향했다.

그 순간.

슈아아아악!

날카로운 파공성과 함께 무언가가 1층으로 떨어져 내렸다.

콰아아아앙!

곧이어 어마어마한 굉음과 함께 충격파가 사방으로 터져 나갔다.

"크아아악!"

1층에 있던 블랙 애플 경호원들과 함께 딜런 십인대들 또한 충격파에 휩쓸려 튕겨 날아갔다.

블랙 애플 건물은 1층에서 3층까지 중앙이 텅 비어 있는 홀 구조였다.

그런데 방금 전 누군가가 3층 높이에서 뛰어내리며 1층에 충격파를 터뜨린 것이다.

1층 중앙부를 중심으로 십인대와 경호원들뿐만이 아니라 바닥에 어지럽게 널려 있던 의자와 테이블 및 술병들이 벽 쪽으로 쓸려 나가 있었다.

그리고 깔끔해진 1층 중심부에 누군가가 우두커니 서 있었다.

[상태 창]

이름: 해럴드.

종족: 인간.

나이: 35세.

타입: 무관.

직위: 황색단 간부.
클래스: 파이터.
고유 능력: 섀도우 디바우어(C).
무력(59/62), 통솔(55/68).
지력(34/41), 마력(56/58).
정치(38/42), 매력(42/43).

고급 주점 블랙 애플의 총 책임자이자 황색단의 간부, 해럴드.

해럴드는 루크와 마찬가지로 트리플 킹덤의 오리지널 캐릭터이며, 무력은 루크와 엇비슷한 수준이었다.

그리고 정치와 매력은 가리안보다 더 높았다. 영주인 다리안보다도.

'하.'

문득 다리안 영주의 능력치가 생각난 나이젤은 안구에 습기가 차올랐다.

삼국지 게임에서 엄백호는 도적에게도 패배하고, 농민에게도 무시당하는 인물이었다.

그런 인물 밑에서 영지를 발전시켜야 한다니.

눈앞이 캄캄했다.

그때 해럴드가 고개를 들어 올리며 나이젤을 바라봤다.

"네놈은 누구지? 우리가 황색단이라는 사실은 알고 있나?"

"알고 있다면 어쩔 건데?"

그 말에 나이젤은 퉁명스럽게 답했다. 그러자 해럴드의 입꼬리가 치켜 올라갔다.

"벌레처럼 쳐 죽여 주마. 다시는 반항하지 못하게."
해럴드는 지면을 박찼다.
쾅!
지면에 살짝 크레이터가 생기면서 해럴드가 나이젤이 있는 2층 난간까지 뛰어올랐다.
나이젤의 머리 위까지 뛰어오른 해럴드는 그대로 몸을 회전시키면서 발뒤꿈치를 내리찍었다.
나이젤은 재빨리 몸을 뒤로 빼며 물러났다.
쿠웅!
불과 조금 전까지 나이젤이 있던 자리에 육중한 소리를 내며 해럴드가 착지했다.
"제법 움직임이 좋군."
2층 테라스로 올라온 해럴드는 자리에서 일어나며 씩 웃어 보였다.
나이젤은 눈앞에 있는 해럴드를 가만히 바라봤다. 짧은 회색 머리카락과 강인해 보이는 얼굴이 인상적이었다.
그리고 키가 2미터에 가까울 정도로 체격이 컸으며, 강철 건틀렛과 부츠를 착용하고 있었다.
전형적인 근접형 파이터였다.
"하지만 황색단을 건드린 대가는 치러야 할 것이다. 네놈을 본보기로 삼아 주지."
해럴드는 나이젤을 바라보며 강철 건틀렛을 꽉 움켜쥐었다.
스팟!
일순 해럴드의 모습이 흐릿해졌다.

다름 아닌 근접 전투 직업이 가진 단거리 고속 이동 스킬 벨로시티(Velocity)였다.

벨로시티는 보통 상대의 공격을 빠르게 회피하거나, 순간 돌진용으로 사용하는 경우가 많았다.

해럴드는 벨로시티를 사용해서 단숨에 나이젤 앞까지 돌진하며 오른 주먹을 휘둘렀다.

깡!

"……!"

순간 해럴드는 눈을 부릅떴다.

나이젤의 머리를 노리고 사선으로 내려친 강철 건틀렛이 갑자기 나타난 반투명한 검은 막에 막혔기 때문이다.

끙!

그때 나이젤의 그림자 속에서 까망이의 귀여운 울음소리가 흘러나왔다.

해럴드의 공격을 막은 건 다름 아닌 까망이의 자동 방어 스킬이었다.

까망이가 인식할 수 있는 공격이라면 막아 낼 수 있으며, 주로 암습이나 장거리 공격을 막는 데 유용했다.

그뿐만이 아니다.

무영검법(無影劍法).

영식(零式), 발검(拔劍)!

해럴드가 공격한 직후 검은 궤적이 섬광처럼 뻗어 나갔다.

해럴드는 재빨리 방어 자세를 취하며 강철 건틀렛으로 검은 궤적을 막아 냈다.

콰가가가각!

"큭! 이 자식이!"

건틀렛을 통해 전해지는 충격에 해럴드는 이를 악물며 나이젤을 노려봤다.

하지만 그땐 이미 나이젤이 해럴드를 향해 쇄도하며 검을 내려치고 있는 중이었다.

깡! 까강! 까가강!

나이젤은 공격을 멈추지 않았다.

해럴드는 어지럽게 손을 움직이며 쏟아지는 나이젤의 장검을 막거나 쳐 냈다. 그리고 그들은 제자리에서 빠르게 공수를 주고받으며 한 발자국도 움직이지 않았다.

그 때문에 검은 궤적과 은빛 불꽃이 나이젤과 해럴드를 중심으로 허공에 어지럽게 수놓였다.

캉!

쉬지 않고 공방전을 주고받던 그들 중에서 먼저 물러난 건 해럴드였다. 해럴드는 벨로시티를 시전하며 빠르게 뒤로 물러나 거리를 벌렸다.

하지만 해럴드가 뒤로 물러난 이유는 도망치기 위함이 아니었다.

추진력을 얻기 위함이었다.

해럴드는 다시 빠르게 나이젤을 향해 달려들었다.

하얗게 빛나는 건틀렛을 앞세우고.

하얗게 빛나는 강철의 일격.

아이언 블로우(Iron Blow)!

하얀 빛살처럼 해럴드의 주먹이 나이젤을 향해 쏘아져 왔다.

그에 맞서 나이젤도 장검을 치켜들었다. 치켜든 장검에서 검은 오러가 연기처럼 피어올랐다.

무영심법을 운용하여 장검에 오러를 집중시킨 것이다. 그 상태에서 나이젤은 검을 내려쳤다.

무영검법(無影劍法).

일식(一式), 무명 베기(無明斬)!

콰아아아앙!

검은 궤적과 하얀 빛이 충돌한다.

나이젤의 장검과 해럴드의 건틀렛이 서로 맞붙었다.

쿠구구구궁!

그러자 나이젤과 해럴드를 중심으로 묵직한 충격파가 퍼져나갔다.

블랙 애플의 건물 벽에 금이 가고, 2층 테라스 바닥 일부가 갈라졌다.

그 속에서 해럴드는 입가를 비틀며 말했다.

"네놈이 졌다."

그 순간 어둠이 덮쳐 왔다.

해럴드의 발밑에서 그림자가 넓게 퍼지면서 주변을 집어삼키기 시작한 것이다.

눈 깜작할 사이에 나이젤의 주변은 어둠으로 물들었다.

아무것도 보이지 않았고, 아무것도 느껴지지 않았다.

섀도우 디바우어(Shadow Devour).

상대를 어둠 속에 빠트려 오감을 빼앗는 해럴드의 고유 능력이었다.

퍼억!

순간 나이젤의 고개가 옆으로 돌아가면서 입가에 피가 흘러내렸다.

끼잉?

그리고 나이젤의 그림자 속에서 까망이의 놀란 목소리가 흘러나왔다.

어둠 속에서 날아든 해럴드의 공격을 막지 못했기 때문이다.

하지만 어쩔 수 없었다.

까망이의 등급은 F였지만, 해럴드의 고유 능력인 섀도우 디바우어는 무려 C등급이었으니까.

거기다 까망이 또한 섀도우 디바우어의 능력 때문에 오감을 빼앗겨 주변 상황을 파악하기 힘든 상태였다.

"어떠냐? 아무것도 보이지 않는 암흑 속에서 처맞는 느낌이? 다음에는 갈비뼈를 부러트려서 숨도 쉬지 못하게 만들어 줄까? 아니면 발가락뼈를 부러트려 줄까?"

그때 어둠 속에서 해럴드의 즐거운 웃음소리가 들려왔다.

지금까지 섀도우 디바우어에 당한 상대들은 하나같이 고통과 두려움으로 비명을 질러 댔다.

섀도우 디바우어에게 집어삼켜지면 오감을 빼앗기는 대신 통각이 몇 배나 예민해지기 때문이다.

그 상황에서 마치 고문하듯 상대의 뼈를 발끝에서부터 천천히 산산조각 내는 일이 해럴드의 취미였다.

정말 쓰레기 같은 악취미가 아닐 수 없었다.

그 때문에 섀도우 디바우어에 집어삼켜진 자들은 어둠 속에서 긴장의 끈을 놓지 못한 채 초조함과 불안감을 느끼며 극도의 스트레스를 받았다.

언제 어디서 끔찍하고 고통스러운 공격이 올지 알 수 없었으니까.

희생자들은 시간이 지날수록 고통과 두려움 속에 정신이 피폐해지며 죽어 갔다.

하지만.

"퉤!"

입안에 고인 피를 내뱉은 나이젤은 얼굴을 찌푸렸다.

"이 빌어먹을 놈이 사람 빡치게 만드네. 네놈은 교육 좀 받아야겠다."

상상도 할 수 없는 어마어마한 방법으로 조교시켜 주마.

눈앞의 어둠을 노려보며 나이젤은 한쪽 입꼬리를 슬쩍 치켜 올렸다.

『게임 씹어먹는 엑스트라』 2권에 계속…